目次

「市井クン、夏……したくない？」
中屋敷 結羅
Nakayashiki Yura
高校二年生。
『顔面の無駄遣い』『校内一の奇人』として有名。
感情表現が豊かで人との距離感も近いが、
恋愛方面には弱い。
ハルのツッコミとしての才能を見出し、
漫才コンビ結成を打診する。
とある芸人を目標にしているが……。

「観たい。
市井と結羅先輩の漫才、観たい。
結羅先輩のボケと
市井のツッコミが合わさったら、
すごいことになると思う」
瀬音しずく Seoto Shizuku
高校一年生。
『瀬音しずくは笑わない』と
噂になるほどのミステリアスガール。
しかし楽しいことや明るい場所が大好きで行動的。
ハルに少なからず興味を持っているようだが真意は不明。
笑わないことにも理由がありそうだが……

「――どうもー、マジックアワーです！」
マイクは明瞭。緊張感も心地よい。
視界の先には大勢のお客さんがいて、
見慣れたはずの校庭が別の場所のように映る。
こうして人が密集すると、
意外と狭く見えるので不思議なものだ。
このどこかに、瀬音も居るのだろう。
市井晴比古
Ichii Haruhiko
高校一年生。諦めが悪く愚直。
瀬音しずくを笑わせるために奮闘していたが、
未だに成功していない。
よく通る声と高い語彙力を持ち合わせている。
結羅に誘われ、
お笑いコンビ「マジックアワー」を結成する。

君と笑顔が見たいだけ

新田 漣

ファンタジア文庫

3388

口絵・本文イラスト　フライ

開幕

瀬音《せおと》しずくは笑わない。

これは、俺が通う西院高校《さいいんこうこう》の一年生の間で、まことしやかに囁《ささや》かれる噂《うわさ》だ。

瀬音はいつも無表情をぶら下げながら、楽しそうな空気を察しては果敢に突入する。しかし、輪に加わる素振りはなく、ただ地縛霊のように佇《たたず》む。入学当初からそんな調子なので、瀬音はミステリアスガールの座に君臨していた。

だが、彼女に恋する健全な男子としては、笑顔も拝みたくなるものである。

たとえ、他の女子から忌《い》み嫌《きら》われる方法を用いたとしても。

上半身のコンディションは最高。設計ミスもなし。作戦に誤算はあれど許容範囲内。昼休みの喧騒《けんそう》が反響する廊下で、俺は最終確認を終えた。

「ハル。そんな格好で、今日は何をする気だい？」

そのタイミングで、背後から声をかけられる。振り向いて視線を下げると、中学からの親友である綿貫祐《わたぬきたすく》の童顔を認めた。

俺は声をひそめつつ、綿貫に概要を説明する。

「日本が世界に誇る国技と、古き良きユーモアを融合した最高のショーってとこだな」

俺が言い終えると、綿貫は呆《あき》れたように視線を逸《そ》らす。

「僕からすれば前時代的な笑いだけど、物は言い様だね。で、相方は誰がやるの？」

「志摩《しま》の予定だったが、トイレから戻ってこない」

「……逃げたんじゃないかな。入学当初はハルと同じような馬鹿は沢山いたけど、三ヶ月も続けるのはハルだけだからね」

綿貫は肩まで伸びた金髪をかきあげ、俺の乳首にぶら下がる洗濯バサミをじっと見つめた。

「それより、乳頭が変色してるけど大丈夫？」

「かれこれ二十分は廊下で待機しているからな」

「上裸のままかい？」

「失礼だな、ユニフォームと言え……くしゅんッ！」

俺はそう指摘すると同時に、大きなくしゃみをする。

冷房が効いた廊下はひどく寒い。このままだと風邪をひいてしまうだろう。

「なあ綿貫、ひとつ提案があるんだが」

「断る。僕が乳首相撲なんてするわけないだろう」

にべもない返答だった。たしかに綿貫が上裸になるとは思えない。小柄で華やかな顔立ちの綿貫は、少女のように映るので、絵面の犯罪臭だって増すだろう。おまけに女子生徒に人気だから、俺への風当たりがさらに強まってオールバックになること請け合いだ。しかし、簡単に諦めるわけにはいかない。

俺はにやりと笑い、秘策を口にする。

「……学食のウィンドウショッピング、一年分でどうだ？」

「へぇ、生き恥の代償がポテトの見放題か。魅力的だね」

綿貫は溜息《ためいき》をつきながら、廊下の窓から教室の中へ視線を投げる。

「瀬音さんねぇ。容姿は整っているし、庇護《ひご》欲だって掻《か》き立てられるけど……一学期の段階で全てをかなぐり捨てて特攻するのは早計じゃないかい？」

言葉尻には否定の意が内包されていた。もう少し外堀を埋めろと言いたいのだろう。瀬音は派手な可愛《かわい》さで男子生徒を魅了するタイプではないので、今すぐ誰かに取られてしまう可能性は低い。だが、俺は知っている。あどけなさの中に、同年代の女子が放つ色香が含まれていることを。少なからず隠れファンがいて、野郎共が徒党を組みつつ機を窺《うかが》っていることを。そんなむっつりスケベ共から一歩リードするために、俺は日々全力で邁進《まいしん》しているのだ。でなければ、こんなことを三ヶ月も続けていない。

「……止めてくれるな綿貫、これは男の戦いだ」

「まあ、友人として応援はするよ。協力はしないけど」

そのタイミングで綿貫が女子生徒に呼ばれたので、俺の元から去っていった。かくなる上は、一人で乳首稽古を披露するしかない。俺は改めて、教室内の様子を窺った。

瀬音は席にちょこんと座っている。半開きの瞼《まぶた》から覗《のぞ》く瞳は色素が薄く、相変わらず感情が読めない。癖のあるアッシュグレーの髪は肩のあたりでぴょこんと外に跳ねており、どこか無防備な一面が窺える。これまた半開きの小さな口も小動物みたいで愛嬌《あいきょう》がある。長めに調整したスカートも清楚《せいそ》だ。

今のままでも総じて最高なのだが、やはり笑顔を拝んでみたい。

今日こそは。俺はそう決意しながら教室に飛び込み、志摩が装着するはずだった洗濯バサミを黒板のフックに取り付ける。

「お！　市井《いちい》、今日は何するんだ？」

「げ、ちょっとやめてよ。私達、まだごはん食べてるんだけど！」

対照的な野次を背中で受け止めてから、俺は柏手《かしわで》をひとつ打って黙らせる。そのままゆっくりと反転し、しんと静まる教室を見渡した。

「さあさ、今から披露するのは乳首相撲の稽古風景。門外不出ではございますが、期末テスト明けの今日は特別。とくとご覧あれ！」

俺は見栄《みえ》を切ってから、勢いよく後退して乳首に負荷をかける。

「あ、そーれ！」

乳首をかじる洗濯バサミが牙を剝《む》き、顔を歪《ゆが》めてしまうほどの激痛が走る。だが、負けてはいられない。

「ギャハハハ！　いけいけ！」

野郎どもの汚れた歓声が巻き起こる。痛みを堪《こら》えながら、ちらりと瀬音の反応を見やる。楽しげに揺れているが、表情は微動だにしていない。しかし、まだだ。洗濯バサミが乳首から射出され、一番の激痛を伴う瞬間が残っている。俺は重心を低くして上体を反り倒す。解き放たれた洗濯バサミが、乳首を引きちぎる勢いで飛んでいく。

「んあああぁぁっ！」

俺は嬌声《きょうせい》を漏らす。野郎どもは「最高だ」と沸き、女子陣は「サイテー」と軽蔑の言葉を口にする。

そして。

「市井……良かったよ」

近寄ってきた瀬音がぽつり、労《ねぎら》う言葉を掛けてくれる。表情は微動だにしていない。俺が乳首を擦りながら頭を下げると、教室の空気がゆっくりと元に戻る。馬鹿話に興じる男子、談笑する女子。俺は天井の蛍光灯を見上げ、大きく息を吐いた。

瀬音しずくは、今日も笑わない。

第一回単独公演『それにしてもへんな先輩』

阪急《はんきゅう》電車から桂《かつら》駅のホームに降り立つと、むせ返るような熱気が身体中《からだ》をべとりと撫《な》でた。俺はワイシャツの胸元を摑《つか》み、ぱたぱたと風を入れながら改札へと移動する。窓枠が切り取った青空さえ、なんだか歪んで見える。要するに不快だった。

「まだ七月だけど、もう暑いのは飽きたねえ」

それなのに、隣を歩く綿貫は爽やかに微笑《ほほえ》みやがる。

やがて直射日光が猛威を振るう灼熱《しゃくねつ》地獄の駅前ロータリーに差し掛かる。が、綿貫の真っ白な額には汗の玉ひとつありやしない。汗腺が存在しないのだろう。女子のような容姿も相まって、夏にだけ現れる妖怪だと紹介されても腑《ふ》に落ちる。

俺がまじまじと観察していると、綿貫は白い歯をこぼした。

「今日の戦果はどうだったんだい」

言わずもがな、瀬音の件である。

「……良かったよと、褒められはした」

「乳首相撲を賞賛するあたり、ハルと笑いのセンスは合っているのかもね」

「それなら最高だ。笑いのツボが合うのは、交際において重要だからな」

「その笑いを引き出せていないのが、問題なんだけどね」

悔しいがそのとおりである。入学して三ヶ月が経《た》つというのに、瀬音の笑顔を拝めていないのは由々しき問題なのだ。

「それにしても、どうしてそこまで瀬音さんに執着するんだい？　可愛い女子は他にもいるだろうに」

「愚問だ。好きだからに決まってるだろ」

日常の些細《ささい》な積み重ねが恋に発展したとか、運命的な出会いで距離が急接近したとか、印象的なエピソードがあるわけではない。

ただ、瀬音を一目見た瞬間から、恋の奈落へとまっさかさまに落ちたのだ。

「単純明快すぎていっそ清々《すがすが》しいよ。ハルが羨ましくなるね」

「なんだよその評価。妙な含みを持たせてないか？」

「……あ、そうだ。僕はコンビニに寄ってから帰るよ。ライブチケットの入金がしたいんだ」

俺の疑問は無視され、話題を転換されてしまう。

視線を横に向けると、綿貫の指はセブン・イレブンをちょいと差していた。

どうせ、先程の暴言を追及しても答えないだろう。俺は不満げに「ほーん」と相槌《あいづち》を打つしかなかった。そもそも音楽に疎《うと》いので、綿貫が好きなバンドはよくわからない。

「……本当に興味がないときの相槌だね」

「そうだな。綿貫と違って楽器もできないし」

「ボーカルには向いてそうだけどね。ハルの声は透き通っていて、よく響く。発音も明瞭だ。一緒にバンドを組みたいくらいだよ」

「おいおい、見た目に華があるって点を忘れてはいないか?」

「否定も肯定もできない絶妙なラインだね」

やや失礼な反応に、俺は歯茎を剝き出しにして威嚇する。効果はてきめんのようで、綿貫は心底嫌そうな表情で睨《ね》め付けてきた。

「それがなければ、妹との関係も良好だったろうに」

「……家庭の問題にスパイク履いて踏み込んでくるな」

三ヶ月間におよぶ瀬音《せおと》への特攻は、どうやら近隣の中学校にも噂《うわさ》が広まっているらしい。

その影響で、一つ下の妹である桜優《さゆ》との関係はなぜだか悪化し続けている。瀬音への恋が膠着《こうちゃく》すればするほど、家庭環境が冷え込んでいくようだ。

「アハハ。まあ、バンドの件は結構本気で言ってるから考えといてよ。ハルの声は武器になる」

綿貫《わたぬき》は真面目な表情で語る。こいつは校内でバンドを組んでいるらしいので、申し出を受ければ、俺の人生も薔薇《ばら》色《いろど》に彩られるかもしれない。だが。

「今の俺は、やるべきことがあるからな。遠慮しておく」

「そう言うと思っていたよ。あんな奇行、信念がなきゃ続けられないからね」

「おい、奇行って言うな。純愛だぞ」

俺は異義を唱えるが、綿貫は笑顔のまま無言を貫いた。話はここで終わり、というサインだ。しばし妙な間が続いたが、思い出したように綿貫が会話を再開させる。

「そうだ。ハルの奇行、上級生の間でも話題になってるらしいよ」

「……なんだよ、その不穏な話は」

「中屋敷《なかやしき》先輩が、ハルに目をつけているってさ」

その名前を聞いた瞬間、背中の汗が質の異なる冷や汗に変化する。

「な、中屋敷って、あの中屋敷か？」

「ああ。顔面の無駄使いとして名高い、中屋敷結羅《ゆうら》先輩だ。やってることはハルと近いから、遅かれ早かれ巡り会うとは思ってたけどね。じゃ、僕は発券してくるからまた明日」

「――おい待て、その件を詳しく」

静止もむなしく、綿貫は夏の風に髪を委ねながらコンビニへ消えていく。置き土産としては不穏すぎる言葉だ。もし事実だとしたら最悪ではないか。本能的な恐怖を覚えて身をすくめた瞬間、地に落ちていたアブラゼミが一度だけ「じっ」と鳴いて静かになった。


中屋敷先輩は西院高校の二年生だ。

持ち前のルックスを武器に、入学当初は学園のアイドルとして君臨していたようだ。だが、数々の奇行エピソードにより、すぐに腫れ物として丁重に扱われるようになった。バンド活動を通じて上級生とも交流がある綿貫いわく『大人しくしていれば美少女だが、大人しくないので美少女ではない』らしい。

彼女を語る上で外せないのは、服装違反である。

校内で見かける中屋敷先輩は、茄子《なす》の着ぐるみや警察官の制服など、安っぽいコスプレばかりを身に纏《まと》っているのだ。尖《とが》るにしては方向性が妙だし、ウケ狙いにしては外している。なぜ停学にならないのか疑問ではあるが、とにかく彼女は自由な服装を貫いている。

俺の行動はひとえに愛の為《ため》だが、中屋敷先輩の奇行には理由が見えない。

わからないものはこわい。ゆえに、彼女は全校生徒から忌避されている。

俺が危惧していた邂逅《かいこう》は、予想よりも早くやってきた。

その日の夜、アイスでも買おうかとコンビニへ向かい、住宅街を抜け大通りに出たタイミングで、いきなり声をかけられた。

「キミ、市井晴比古《はるひこ》クンだよね？」

聞き覚えのない柔らかい声質。反射的に振り返り、思わず「げっ」と声を漏らしそうになる。声の主は、数時間前の会話で登場した中屋敷先輩だった。

ハイトーンのデザインカラーが映えるブラウンの長髪と、小柄ながらも抜群のスタイル。濃紺のデニムと白いTシャツというラフな服装も良く似合っており、容姿だけで判断すれば美少女だと納得してしまう。ポメラニアンを連れているので、どうやら散歩中らしい。

「うん。その顔はやっぱりそうだ。ちょっといいかなぁ？」

翡翠《ひすい》色の大きな瞳が俺をのぞき込む。会話を交わした記憶などないが、俺の顔は割れているらしい。警戒心を最大値に合わせながら、当《あ》たり障《さわ》りのない挨拶を口にする。

「中屋敷先輩でしたっけ。奇遇ですね」

「そうそう、あったりー！　正解者にはこれをあげちゃいます！」

中屋敷先輩は快活に笑いながら、何かを差し出してくる。おそるおそる受け取ってみると、奇妙な形のフィギュアが手のひらに載せられていた。入れ歯におじさんの生足がくっついたような、くそキモいキャラクターだ。

「なんですか、このフィギュア」

「やだなぁ、歯ボーイじゃんか」

「皆さんご存知みたいなノリで言われても知りませんよ」

改めて観察してみるが見覚えはない。俺が困惑気味に歯ボーイとやらを眺めていると、中屋敷先輩は堪えきれないといった様子で吹き出した。

「ふふ。それは私のオリジナルキャラクターだから、まだ世に出回ってないんだよ」

「ああ、道理で。こんなの、一度見たら脳裏にこびりつきますからね」

「さては魅力されてるなー？」

「いや、便器の黄ばみと同じカテゴリですけど」

こんなゴミはいりませんと言いかけて、口を噤《つぐ》む。相手はあの奇人だ。いつ豹変《ひょうへん》するかわからない。俺は再び警戒心を強めつつ、呼び止めた理由を聞き出すことにした。

「それより中屋敷先輩。なぜ俺を？」

「ああそうだ。キミの奇行の話を小耳に挟みましてね。もしかすると、同志なのではと期待しちゃいまして」

　中屋敷先輩の大きな目が、さらに大きくなった気がした。

　これは最悪の勘違いだ。俺の行動は瀬音に捧《ささ》げる無償の愛であり、中屋敷先輩のように理解が及ばない奇行ではない。しかし、中屋敷先輩は沈黙を肯定と捉えたのか、長いまつ毛をしぱしぱさせながら距離を詰めてきた。

「ねえねえ、今週の土曜日空いてたりする？」

　艶のある髪が揺れるたび、柑橘《かんきつ》系の香りが漂う。年上の女性が醸《かも》し出す空気に酩酊《めいてい》してしまう。そのせいか、よせばいいのに「何があるんですか」と聞き返してしまった。

「実はね……って、今フライヤー持ってないや。画像もないしなぁ。よし、明日キミの教室に行って直接見せたげる！　一年二組だっけ？　首を洗って待ってろよぉー？」

　中屋敷先輩は悪い顔を作りながら、へへへと怪しく微笑む。表情が忙《せわ》しない人だ。

「よくわからないけど、わかりました」

「よしよし、素直な子は好きだよ。ちなみに、市井《いちい》クンってお笑いが好きなんだよね？」

「いや、興味ないですけど」

　俺がそう答えると、中屋敷先輩は大きな瞳を丸くした。

「うぇ、なんでッ？　教室で乳首相撲とかやってるんでしょ？」

「ああ、それはただ単に……」

言いかけて、踏みとどまる。たった一人の笑顔が見たいがためだなんて、親しい相手でないと打ち明けられない。

返答を言い淀《いよど》んでいると、中屋敷先輩は「まあいいか」と零《こぼ》した。

「とにかく、明日のお昼休みにキミの教室に行くから。あんまり夜ふかしすんなよ少年ー」

中屋敷先輩はリードを引いて颯爽《さっそう》と去っていく。どうやら命拾いしたようだ。胸を撫《な》で下ろしつつ、噂よりも話が通じる人だなと評価を改めた。少々変わっているが、校内での服装に目を瞑《つぶ》れば意外と常識人なのではないか。

だが、それが勘違いであると、すぐ痛感する羽目になる。


昨夜の宣言通り、中屋敷先輩は一年二組の教室にやってきた。水着で。

「市井クン、夏……したくない？」

膨らませた浮き輪を肩に下げ、俺の机に乗って誘惑してくる中屋敷先輩。細雪《ささめゆき》のように白い肌と豊満な胸を惜しげもなく晒《さら》しており、本来なら股間が悶絶《もんぜつ》する格好である。現に、クラスの男子連中はチラチラと中屋敷先輩の身体《からだ》を盗み見ているのだが、当事者の俺にとっては現状の違和感が勝っていた。

「したくないです」

俺は背もたれに体重を預け、否定の意を絞り出した。

「えー、夏しようよ。汗だっくだくの、ねったんねったんになりたくないの？」

「キモ擬音すぎません？」

「もー、つれないなぁ」

中屋敷先輩が距離を詰めてきたせいで、浮き輪の空気栓が俺の鼻に直撃する。まず、夏をするとはどういう意味だ。要点がつかめない俺は、浮き輪を手で押し返すしかできない。

「色々と説明してくださいよ。意味がわかりません」

「だーかーらー、私と夏休みを共にしようって誘ってるの！　昨日言ってた件なんだけど……」

ごそごそと、浮き輪に縛り付けられたポシェットから何かを取り出そうとしている中屋敷先輩。昨日抱いた『意外と常識人』の印象は水着に覆《くつがえ》され、本来の評価に戻りつつある。身構えながら待機していると、中屋敷先輩は一枚の用紙を取り出した。

「じゃーん！　なんと、今週の土曜日に開催される大喜利イベントに、私が出ちゃいます！」

予想外の宣言に、俺は「はぁ」と間の抜けた相槌《あいづち》を打つ。

「……そのイベントに、中屋敷先輩が出るんです？」

「そ。他にもお笑い芸人がちらほら居るんだけど、私も交ざって出るよー」

俺の認識だと大喜利は、色彩豊かな着物を纏ったおじさん達が、座布団《ざぶとん》を奪い合う夕方の娯楽だ。中屋敷先輩のイメージとは結びつかず、二の句が継げない。

「で、そのイベントに市井クンも来てほしいの。参加型のコーナーもあるから、腕試しにどう？」

「いや、俺はそんな笑いを取るなんてできない……」

手を横に振り否定した瞬間、気づいてしまう。中屋敷先輩は、俺を芸人志望だと勘違いしているのでは。

「またまたぁ。キミのことはぜーんぶ調べたんだよ？　乳首相撲にパンストダッシュ、熱々おでんにゴムパッチン」

「そ、それは人違いじゃないですか？」

「宗教勧誘に洗脳騒動」

「それは絶対に人違いです」

「まあとにかく。どれもこれも、笑いを生み出すための行動だよね？」

　ぐっと顔が近くなり、翡翠色の虹彩《こうさい》が俺の顔を反射する。たしかにそうだ。一連の行動はすべて笑いのためだ。しかし、俺は瀬音《せおと》の笑顔が見たいだけである。極端な話、瀬音一人が笑ってくれれば他の人間の笑顔など眼中にもない。ここで認識をすり合わせておかないと、後々面倒になるのは明白。俺は勇気を振り絞り、中屋敷《なかやしき》先輩の顔を見据える。

「中屋敷先輩は、盛大な勘違いをしています」

「そう？　それに会話して思ったんだけど、キミって頭の回転早いよね？　ツッコミが達者だもん！　大勢の人間を笑わせる側の人間だと思うなぁ」

「いや、俺はただ、信念の下に行動しているだけであって……」

「――なにこれ、面白そう」

　瞬間、俺の言葉を遮るように小さな声が耳に届く。いつの間にか、俺達の隣に瀬音がちょこんと佇《たたず》んでいた。視線はイベント情報が記載されたフライヤーに向けられており、ふんすふんすと興味津々《きょうみしんしん》のご様子である。

「おっ、キミは話がわかるねぇ！　チケットはまだ余裕あるし、取り置きしとこっか？」

「お願いします」

　中屋敷先輩が瀬音の肩をばしばしと叩《たた》く。瀬音は騒がしい場所を見つけると、半ば無条件で食いつく習性がある。校内一の奇人に、毎日身体を張って笑いを提供しているクラスメイト。その二人が話題にしているイベントなんて、興味を示すに決まっている。

瀬音が居るところに我あり。かくなる上は、虎穴に飛び込むしかなかった。

「……俺も参加させていただきます」

「へっへっへ。そうこなくっちゃ」

中屋敷先輩と交友を深めるのはハイリスクだが、攻めの姿勢を貫かねば恋は成就《じょうじゅ》しないものだ。などと、自分自身に言い訳していると、視界の端から人影がぬらりと近づいてきた。

「中屋敷先輩、僕もいいですか?」

綿貫《わたぬき》である。赤色の瞳には『面白そうな予感がする』と書かれている気がした。こいつは、こういうヤツなのだ。

「もっちろん!　何人でも大歓迎だよー」

中屋敷先輩が嬉《うれ》しそうに手を鳴らすと、瀬音が無表情のまま上体を揺らした。ご機嫌なのはなによりだが、このメンツが集まると波乱が巻き起こりそうだ。現に、クラス中から奇異の目が向けられており、ひそひそと噂《うわさ》されている。さっきの選択が正しいのかと再度思案していると、瀬音が小さな唇を俺の耳元に寄せてきた。

「楽しみにしてるね、市井」

相変わらず抑揚のない声。だが、それでも。

「ま、任せとけ」

たった一瞬で舞い上がってしまうのだから、恋をした男とはつくづく愚かである。

綿貫曰《いわ》く、中屋敷先輩が出演するイベントは、ネット上の大喜利サイトで名を馳《は》せる人物と、地下ライブをメインに活躍する芸人が競い合うタイプのものらしい。中屋敷先輩は前者なのかもしれない。

「――とはいえ、ハルが台風の目になる可能性もあると思うよ。歴の長さだけで決まるほど単純なものではないようだし」

午前中とはいえ夏真っ盛り。直射日光により陽炎《かげろう》が揺らめく桂《かつら》駅のホームで、綿貫が大喜利について語る。白地に青のストライプが施されたロングシャツと、黒のハーフパンツから見える綺麗《きれい》な膝が相まって、今日も今日とて性別が行方不明だ。

「なにか質問はあるかい？」

綿貫が視線を俺に流す。こいつはあらゆる分野に造詣《ぞうけい》が深く、両親がウィキペディアなのかと疑いたくなる。

「いや、大丈夫だ。そもそも、俺は瀬音にさえウケればいい」

「そうだろうね。でもそれって、会場を爆笑の渦で包むより難易度が高いんじゃない？」

ごもっともである。俺は粘ついた夏の風に溜息《ためいき》を溶かし、現実逃避をするようにポケットからスマホを取り出す。

この一週間はとても緩慢で、気持ちだけが先走っていた。なにせ、休日に瀬音と会えるのだ。待ち合わせのために瀬音と連絡先を交換できたのも大きな一歩。さして特別なやりとりは交わしてはいないし、瀬音はメッセージ上でも口数が少ないが、これを幸福と言わずしてなんと言おうか。

「また瀬音さんとのメッセージ履歴を眺めてるのかい？」

「別にいいだろ。俺は『当日よろしく』の六文字で一年は生き延びられるんだよ」

「コスパの良い命だね」

馬鹿にされている気がする。俺が押し黙ると、綿貫は「それよりハル」と前置きした。

「待ち合わせ場所はどこにしたの？」

「……阪急《はんきゅう》京都河原町《きょうとかわらまち》駅の九番出口」

「お、意外と気が利《き》くね。てっきり、現地集合かと」

「バカ言え。瀬音と二人きりで街を歩くチャンスを逃してたまるか」

「そのプラン、僕が消えてないかい？」

抗議の視線を受け流していると、ホームに小豆色の車両が滑り込んできた。俺達はすぐさま乗り込み、冷房の風を受け止める。全身が大喜びするのを感じながら、空いている席に腰掛けた。少し息を整えたタイミングで、綿貫が神妙な面持ちで問いかけてくる。

「さて、ハルよ。ずっと気になってたんだけど、その頭はウケ狙いかな？」

「いや……ワックスを付けてきただけなんだが」

「ベタベタすぎて、アロマキャンドルを載せてるのかと思ったよ。洗ってきたら？」

「馬鹿言うな。髪がびしょ濡《ぬ》れの状態で待ち合わせなんて変だろ」

「びしょ濡れのほうがマシだよ。ハルはホント、恋愛が絡《から》むと途端にダメになるねえ」

そんなやり取りを交わしていると、電車が京都河原町駅に到着してしまう。非常に遺憾だが、お洒落《しゃれ》に関しては綿貫に一日《いちじつ》の長《ちょう》がある。俺はどうすべきかと頭を抱えたが、その手のひらが異常な粘り気を知覚してしまい決心がついた。

「……そこのトイレで洗ってくる」

「泣くなよ。僕がイジメてるみたいじゃないか」

「……一緒に、ついてきてくれないか？」

「自首でもするようなテンションだね」

呆《あき》れる綿貫を先導するようにトイレへ入り、洗面台に頭を突っ込む。人体を感知したセンサーの指令により、蛇口から勢いよく水が射出される。一体なぜ、こんな仕打ちを受けているのか。俺はただ、瀬音に格好良く見られたかっただけなのに。なんだか情けなくなってきて、涙を堪《こら》えられなかった。

「うぅ……ふぐぅ……っ」

「ハル、お願いだから泣かないでくれ」

「俺は……俺はただ……！」

「た、頼むよ！　駅員さんがこっちに来てるから！」

「あの、若いカップルが男子トイレで変なプレイをしてるって通報があったんですけど……」

「あっ、違います。そもそも僕は男なので……ちょっと、ハルからも何か言ってくれないか？」

結局、頭を洗い終えた俺が正気を取り戻すまで、綿貫と駅員さんは揉《も》めていた。

京都河原町駅の九番出口は、河原町のメインスポットでもある寺町京極《てらまちきょうごく》商店街からほど近いこともあり、待ち合わせ場所に適している。それでいて駅構内が地下なので、酷暑からも避難できるのだ。

なんとか待ち合わせ時刻ギリギリに到着し、壁にもたれる瀬音の姿を発見した。黒のTシャツをギンガムチェックのロングスカートにタックインしており、愛くるしさを遺憾なく発揮している。俺は小走りで瀬音に駆け寄った。身体《からだ》が振動するたびに水しぶきが舞い、ともすれば異常な発汗にも見えるだろう。

「お待たせ、瀬音ッ」

その違和感を払拭《ふっしょく》すべく、可能な限り爽やかな微笑《ほほえ》みを投げかける。俺の接近に気づいた瀬音は視線を上に向けながら、不思議そうに首を傾けた。

「お風呂《ふろ》あがり？」

払拭失敗。なんとか誤魔化すしかない。

「……そ、そう。紳士の嗜《たしな》みとしてシャワーをな」

「へんなの。そのままだと風邪ひいちゃうよ」

瀬音はそう言って、トートバッグの中から小さなハンカチを取り出した。

そして、うんと背伸びして俺の頭に手を伸ばす。

「拭いたげるから、屈《かが》んで」

「え、あ……うん」

予期せぬ急接近に、心臓が口から飛び出して走り去る。絶望の先にこんな幸福が待っているなんて、人生は捨てたものではない。そして何よりも、瀬音の優しさが身に染《し》みる。ハンカチが小さすぎて全然髪が乾かないとか、意外と力が強くて頭皮が捲《めく》れそうとか、そんなのは些細《ささい》な問題だ。気遣いができる優しい子に育ててくれてありがとうと、両親に直接感謝を申し上げたい。

「これでよし」

たっぷりとハンカチでこすられた俺は、ボサボサになったであろう髪を手ぐしで整え、瀬音に何度も感謝を述べた。

「さて、これからどうするつもりかな。開場までは少し時間があるけど」

綿貫が今後の予定を問うてきたので、ごきげんな俺は笑みで返す。

「抜かりはない。中屋敷先輩から、ランチに誘われているからな」

指定された場所は、皆が大好きなサイゼリヤである。中屋敷先輩と昼食を共にするのは鬼が出るか蛇が出るかわからないが、三人いれば怖くはないだろう。それに、サイゼリヤは適度に騒がしい。このメンバーでも悪目立ちはしないはずだ。あとお財布に優しいのも嬉しいポイントである。

以上、様々な角度から最適なプランだと判断。

こうして俺は二人を引き連れて意気揚々と河原町のサイゼリヤに入店したのだが、認識が甘かったと言わざるを得ない。中屋敷《なかやしき》先輩が、海老《えび》の着ぐるみを纏《まと》いながら入り口に一番近いボックス席で待機していたのだ。俺が接近をためらっていると、無駄遣いの極みとも言うべき顔面がぎゅるりとこちらを向いた。

「おすおす、少年少女！　ほら、早く座って。もう私お腹《なか》ぺっこぺこだよー」

見つかったので仕方なく席に着く。瀬音《せおと》の隣を確保したかったが、流れで中屋敷先輩の隣になってしまった。無言を貫くわけにもいかないので、仕方なく服装に触れてみる。

「……中屋敷先輩。なんですか、その着ぐるみ」

「えび」

それは見りゃわかる。

声をかけられた日が私服だったので、コスプレは学校だけだと思いこんでいたのだが、そうではないらしい。鬼も蛇も出てきてしまった現状に早くも辟易《へきえき》していると、店員が中屋敷先輩の前に料理を運んできた。どうやら、先に注文していたようだ。

「うへぇ、ぷりんぷりんでたまりませんなぁ！」

満面の笑みを見せながら、すぐさま小エビのサラダを頬張る大エビ。ファミレスで観測される異常な共食いの光景。店内を飛び交っていた視線は、俺たちのテーブルに集約されている。奇人グループだと思われるのがなんだか恥ずかしくなり、俺としても不本意なんですと視線で周囲に訴える。

「市井《いちい》クン。なにキョロキョロしてんの。さっきから様子がおかしいよ?」

「いえ、べつに……」

一応先輩なので、様子がおかしいのはアンタだとは言えない。俺は中屋敷先輩が用意したであろう水を飲み干して、荒《すさ》んだ気分を落ち着かせる。向かいに座った瀬音は相変わらずの無表情で、中屋敷先輩に対して疑問を抱いている様子はない。斜向《はすむ》かいに座った綿貫《わたぬき》は最初こそ戸惑っていたが、すぐに適応したのかいつもの微笑みを湛《たた》えている。髪が湿り気を帯びているとはいえ、俺が一番ノーマルなのではないか。そうランク付けをしていると、中屋敷先輩が「さて」と前置きして話題を切り出した。

「市井クン、大喜利に参加するんだよね?」

「はい。そのつもりですが」

そう答えた瞬間、中屋敷先輩の表情が唐突に引き締まる。

「そっかそっかー。じゃあ少しでも鍛えてあげなきゃね」

「……へ?」

どこまでも真剣な瞳に、挑むように吊《つ》り上げた口角。突然の変貌だった。

「ここで練習してみよっか。生半可なレベルじゃ、怪我《けが》して終わるだけだよ？」

「怪我って、そんな大げさな……」

俺が言い終えるよりも早く、中屋敷先輩が立ち上がる。触覚がみょんと揺れ、一同の視線が集められた。

「いいや。大げさなんかじゃない。舞台で滑るのは怪我だよ。もちろんプロでも滑ることは多々あるけど、最初の一歩で躓《つまず》いたら致命傷になっちゃうから！」

案じるように揺れる翡翠《ひすい》色の瞳が接近し、俺の間抜け面が映り込んだ。予想外の熱にむせ返りそうになる。あと声がでかい。俺は温度を下げるように、緩い口調で疑問を呈した。

「……今日のイベントって、皆そこまで真剣なんですか？」

「当たり前じゃん、殴り合いだよ。娯楽とはいえ本気も本気」

しかし、迷うことなく言い切る中屋敷先輩の熱は冷めない。まだ事態が飲み込めていないが、すこし気合を入れて挑まねば切り落とされてしまいそうだ。俺は流されるようにして、練習とやらに応じてみる。

「そこまで言うなら、やっておきます」

「よっしよし。まずは簡単なお題からいくね。こんな初デートは嫌だ、どんなデート？」

ごくり、生唾を飲み込む音が聞こえた。

抜き身の刃の如《ごと》き緊張感が、喉元に突きつけられる。

真剣に考える。仮に瀬音とデートをした際に、発生したら嫌なトラブルはなんだろうか。

様々なシチュエーションを想像し、やがて回答が浮上する。

「保護者同伴」

これはどうだ。嫌だろう。

ドヤ顔を作って言い放つが、中屋敷先輩の口元は微動だにしなかった。

「んー、悪くはないけど、ウケないかも」

「え、ダメなんですか？」

思わぬダメ出しに、俺はうろたえてしまう。

「デートや職場に親がついてくるってボケは王道すぎて新鮮味がないかも。携帯がなかった時代は、恋人の親が出ないように祈りながら家電にかけてたって話も聞くし、恋人と親の距離って結構近いから」

「は、はぁ……」

「でも距離が近いのは悪いことじゃないよ？　ＳＮＳでやってる大喜利の回答なんかは、共感性が高いほうがウケるもん」

「じゃあ、ＳＮＳ以外ではウケないんですか？」

「そうだね、戦う場に応じて傾向は変えなくちゃダメ。少なくとも、大喜利イベントに来てくれる人にはベタすぎて刺さらないかな。場の空気や流れにもよるけど……」

どうやら大喜利が趣味の人にとっては、既視感が強すぎるらしい。

「なら、侵略してきた宇宙人に変なビームで襲われるみたいな、突拍子もない回答のほうが良かったですか？」

「それだと『過去一で盛り下がった運動会』みたいなお題でも成立しちゃう回答だから、お題の要素を芯で捉えられてないの」

「なるほど……」

「あとは全部説明して冗長になるより、想像の余地がある回答のほうがいいかも。さっきの『こんな初デートは嫌だ』みたいにシンプルなお題なら特にね。そこにプラスして場の流れも大事になるし、表情や言い方、身振り手振りみたいなフィジカルって言われる技術が――」

中屋敷先輩の言っていることは理解できる。だが、実践しろと言われると難しい。いざ実際に回答を考えると何も思い浮かばないのだ。そもそも、素人《しろうと》がメインの大喜利イベントでそこまで要求されるのだろうか。

「ちょっとシビアすぎませんか……？」

苦笑いを浮かべつつ、やんわりと非難する。だが、中屋敷先輩の表情は変わらない。

それどころか、より一層の熱を帯びる。

「シビアなのは当然。今回のイベントはね、きちんとお客さんからお金を頂いてる。だから、アマチュアとはいえプロ意識をもって臨まなきゃいけないの。まあ、キミが出るとしたらお客さんが参加するコーナーだし気負う必要はないけど……」

そう言って、中屋敷先輩は俺の耳元に顔を近寄せた。

「好きなコの前で、中途半端《ちゅうとはんぱ》なコトしたくないでしょ？」

「な、その情報はどこから……」

「あはは、一目見ただけで丸わかりだよ。キミ、わかりやすいもん」

俺達のやり取りを、瀬音は不思議そうに眺めている。綿貫は何かを察したのか、不快な笑顔で頷《うなず》いている。俺は視線で綿貫を咎《とが》めてから、再び中屋敷先輩に向き直り小声で懇願した。

「それ、絶対秘密にしてくださいね」

「わかってるよ。でもせっかく握った弱味だし、条件つけちゃおうかなぁー？」

「……卑怯《ひきょう》ですよ」

「なんとでも言いなさい。そうだなぁ、私と一緒にお笑いコンビでも組んでもらおうかな」

中屋敷先輩は、悪事を企てる代官のような表情をつくる。しかし、俺はお笑いなどに興味がない。瀬音への恋心を見破られた今、俺がなぜ乳首相撲やパンストダッシュなどの奇行に走っていたのかも説明できる。認識のすれ違いを解消するべきタイミングだろう。声をひそめ、笑いの原動力について説明する。

「中屋敷先輩。俺はただ、あの子に笑ってほしいだけなんです」

「ほほう。じゃあ、恋のために身体《からだ》張ってたワケね」

「そうなんですよ。だから――」

「うん、そっかそっか。じゃあ、なおさら私とお笑いするべきだよ。極限まで練り上げたネタで、好きなコの笑いをかっさらう。サイコーに興奮すると思うけどなぁ」

触覚をみょんみょんとさせながら、中屋敷先輩は上目遣いで俺を覗《のぞ》く。不覚にも、心の奥底に僅かな火が灯《とも》ってしまう。センターマイクに向かう自分が、観客席にちょこんと座る瀬音を笑わせる想像をしてしまったからだ。

「ま、イベントが終われば、自《おの》ずと答えは出ると思うけどね。じゃあ練習を続けよっか」

中屋敷先輩は、すでに答えを確信しているかのように笑った。

河原町通近くの路地にひっそりと佇《たたず》むライブハウス『雅古都《みやこと》』は、音楽演奏だけでなく様々なイベントで利用される施設らしい。綿貫も以前出演した経験があるようで、「良い箱だよ」と訳知り顔で述べていた。

ご機嫌で雅古都を目指して歩く中屋敷先輩を先頭に、綿貫、瀬音、俺と続く。俺の歩行速度が落ちている理由は明白、さきほどの大喜利練習で結果を出せなかったからだ。

「ハル、いつになく真面目な表情だね」

いつの間にか、綿貫が速度を緩め、俺の隣を歩いていた。

「……人を笑わせるって、意外と難しいんだなと思って」

「まあ、ハルがやってるのは完全に身内ウケだからね。クラスの男子は笑うけど、駅前であんなことをしたら誰も笑わないと思うよ」

「するわけないだろ。駅前で乳首相撲なんて異常者じゃねえか」

「教室でも異常だけどね」

「はいはい少年少女、会場についたよー」

俺が目を剝《む》いて綿貫に威嚇をしていると、中屋敷先輩が道案内を終えていた。

「私は準備があるからここで一旦お別れだけど、楽しんでね。綿貫クンなら取り置きしたチケットの買い方とかわかるよね？」

「はい。任せてください」

「おけー。じゃ、また後でね」

中屋敷《なかやしき》先輩は満面の笑みを浮かべ、俺に近寄ってくる。

「……まずは私の勇姿を拝むがいい」

「自信満々ですね」

「当たり前じゃん。キミの相方として、頑張らなきゃ」

「いや、俺はまだコンビを組むなんて……」

否定の意を口にした瞬間、中屋敷先輩の人差し指が俺の唇に添えられる。

「──答えは、終わってからでね」

中屋敷先輩は白い歯をこぼし、会場へ通じる階段を降りていく。

不覚にも、俺の心は洗濯機のようにぐるぐるとかき乱されてしまった。

階段を降りた先にある重厚な扉を開くと、薄暗い空間の中に受付とおぼしき場所があった。小さな木のカウンターに座る男性に、綿貫は慣れた様子で話しかける。

「ああ、結羅《ゆうら》ちゃんのお友達なんだ。めずらしいね」

男性は中屋敷先輩を知っているようで、俺達に対して驚いた素振りを見せていた。

「はい。綿貫祐《わたぬきたすく》で取り置きしてもらっています」

　男性は手元の用紙に視線を落とし、指を添えて名前を確認していく。俺達の他にも取り置きの客がいるらしく、三十名近くの名前が記載されていた。男性は綿貫の名を探し当て、同じ要領で俺達の名前も確認する。

「よし。キミたちはチケット代を払わなくていいから、そのまま入って」

「え、そうなんですか？」

「うん。関係者として聞いているからね」

　なるほど、どうしても俺を相方にしたいらしい。なぜそこまで執着されるのかわからないが、今回はありがたく恩恵を賜っておこう。俺達は男性にお辞儀をしてから、音漏れを防ぐ鉄の門扉《もんぴ》をくぐる。会場内はライトアップされており、受付で抱いたアングラな印象を覆《くつがえ》すほどに明るかった。すでに数十名のお客さんが、パイプ椅子に座って待機しているようだ。とはいえスペースに空きが多く、あまり人気があるイベントとは思えない。

「へえ、思ったよりも多いね」

　だが、会場内を見渡した綿貫が、俺の印象とは真逆の感想を漏らした。

「え、少なくないか？」

「いやいや、予想以上の盛況っぷりだよ」

「でも、中屋敷先輩の取り置きだって正直そこまで……」

俺がそこまで言いかけると、綿貫は合点《がてん》がいったように頷いた。

「ああ、そうか。ハルはインディーズバンドのライブには興味ないもんね。例えばさ、ハルがなにかを披露するって決まったときに、何人集客できそう？」

「まず綿貫だろ。そしてクラスメイトの男子連中。あとは……」

折りたたんだ指が止まる。これ以上、呼べそうな人間が思いつかないのだ。

「……中屋敷先輩は、少なくとも三十人近く集客している。しかも、彼女は学校内に友人が居ないはずだ。キャンセル分を差し引いても、二十人以上は来てくれるだろうね」

たしかに、受付の男性は俺達の存在を珍しいと言っていた。身内の集客がないということは、中屋敷先輩は実力だけで数十人を集めている計算になる。

「……中屋敷先輩って、何者なんだ？」

「わからない。でも、インディーズバンド界隈《かいわい》では、身内以外のお客さんをコンスタントに十人程度呼べるようになれば『売れてきた』と実感できるね。それほどまでに、人からお金と時間をいただくのは難しいんだ」

そんな話をしていると、徐々にお客さんが客席へと流れていく。先程まで余裕のあったスペースが、少しずつ埋まってきた。綿貫はどこか恐れるように言葉を漏らした。

「彼女は高校生の身でありながら、素人が集客できるラインを余裕で超えている。この箱のキャパシティは百人くらいだから、たった一人で二割以上を埋めている計算になる。只《ただ》者《もの》じゃないね」

綿貫の解説を受け止めると、中屋敷先輩に対して畏怖に近い感情が湧き上がってきた。

そのタイミングで、会場の灯《あか》りがふっと消える。すぐに軽快な音楽が流れ、司会者とおぼしき中年の男性がステージに現れた。司会者の後ろには椅子が五つ並んでおり、それぞれにホワイトボードとペンが置かれている。回答を書くためのものだろう。

『皆様、本日はお越しいただきありがとうございます。沢山笑って帰ってください！』

客席から拍手が巻き起こる。司会者はすぐに挨拶を切り上げて、ステージに現れる人達の紹介に移る。『シャークさん』と紹介された小太りの男性が入場を終えると、中屋敷先輩が姿を見せた。黒のシャツにデニムという、さきほどとは打って変わって普通の装《よそお》いだ。

『さあ、次に現れたのはこの方！　持ち前のルックスからは想像のつかないセンスで抉《えぐ》りこみ、今回の出場権を獲得した中屋敷結羅だぁー！』

中屋敷先輩は司会の口上に合わせ、昇天する世紀末覇者の如《ごと》く片手を大きく掲げる。えらく持ち上げられた紹介だと思ったが、すぐに渦巻いた歓声を耳にした瞬間、これは適切な評価なのだと実感した。

「中屋敷先輩、すごい人気だな」

「……楽しみだね。かなりハードルが上がっているけど」

「まあ、見せてもらおうじゃないの。中屋敷先輩の凄《すご》さってやつ」

「決勝進出を決めて偵察中の強豪校みたいな発言だね、サイゼでこっぴどくやられていたのに」

綿貫の言葉に刺されていると、いつの間にか五人のプレイヤーが出揃《でそろ》っていた。

「あ、もぐもぐワンタンだ」

そのうちの一人を指差して、瀬音《せおと》がぽつりと声を発する。

「え、誰って？」

「もぐもぐワンタン。ピン芸人だよ」

「……瀬音って、もしかしてお笑い好きなの？」

「うん。ライブにもよく行く」

意外な趣味が判明する。もしや顔に出ないだけで、心の中では爆笑しているのだろうか。そう思案していると、中屋敷先輩達はいつの間にか席に着いていた。司会からの出題を待ちわびているようだ。

『さあ、最初は肩慣らしからいきましょう』

その声を合図にして、会場が静寂に包まれる。

【ギャルのプロ野球チーム『渋谷センターズ』の選手が試合後のインタビューで発した一言】

ステージ上のモニターにお題が表示される。

ギャルのプロ野球選手というありえない設定だが、不思議と想像がしやすかった。

ステージの五人はすぐにペンを走らせる。驚異的な速度だ。

俺などまだ、回答の取っ掛かりすら摑《つか》めていない。

「はい」

一番に手を挙げたのは中屋敷先輩だった。整った顔からは自信が滲《にじ》んでおり、会場の注目さえ楽しんでいる様子が見て取れる。俺が中屋敷先輩を凝視していると、視線が交錯する。

利那、彼女はたしかにギャルと化した。

わずかな表情の変化と息遣い。姿勢。目の開き方。口元の動き。

それら全てが独立し、新たな人格を形成する。服を着崩したわけでも、メイクが濃くなったわけでもない。それなのに、ギャルにしか見えないのだ。一体、何が起きたのか。

中屋敷先輩の視線は相変わらず俺を捉えており、見ておけよと言わんばかりにホワイトボードをこちらに向けてくる。

「――人に向かって物を投げるのはどうなん？」

『そういう競技なんだよ！』

おバカな回答と、司会者の的確なツッコミに会場が揺れる。だが、俺は笑うことさえ忘れて中屋敷先輩に見惚《みと》れてしまった。人格、体格、話し方に至るまで、何もかもが普段の中屋敷先輩とはかけ離れていたからだ。

演技というより憑依《ひょうい》に近い芸当。中屋敷先輩は俺が予想していたよりも、遥《はる》かな高みに居るのかもしれない。

『はい、じゃあ次はシャークさん。お願いします』

俺は司会の言葉で現実に戻される。名前を呼ばれた小太りの男性ことシャークさんは、身体《からだ》をくねくねと動かしながら小芝居をする。

「なんか試合後のハイライトを見て思ったんですけどー」

前フリとおぼしき気色の悪い演技を置いてから、シャークさんがホワイトボードをくるりと裏返した。

「──カナぴ打つ時の顔ヤバくね？」

『本気でやってるのにそういういじり方すんなよ！』

紡《つむ》がれた裏声と男臭い見た目のギャップも相まってか、会場が爆笑に包まれる。そして司会の判断により、壇上のスクリーンにポイントが表示された。いつの間にか中屋敷先輩の背後にもポイントが表示されていたので、勝ち負けがあるのかもしれない。

「はいはい！」

次は俺だと言わんばかりに、もぐもぐワンタンとやらが手を挙げる。司会は先程と同じ流れで指名して、回答を誘導する。

「──10－9とかマルキューみたいでテンション上がる」

先程よりも大きな笑い。

素人目《しろうとめ》に見ても、ギャルの要素をうまく野球と絡《から》めている気がした。

『真面目にやれよこいつら！』

拍手、そして笑い声。会場の雰囲気はたった二分で最高潮に達した。その後も回答が続き、全員がポイントを貪欲に奪い合う状態と化す。だが、やはり飛び抜けて異質だったのは中屋敷先輩だった。薄い唇を操りながら、巧みにギャルを演じ続ける。相変わらず目線は俺を射貫《いぬ》いており、まるで何かを誘っているようだった。

「はいはい。ウチ、昨日気合を入れてネイルしてもらったんですけどぉ」

普段より甲高《かんだか》い声。少し舌足らずな印象を与える前フリ。早くも客席から笑い声が聞こえてくる。数秒の間、会場の視線を中屋敷《なかやしき》先輩が一人占めする。一体、どんなワードが飛び出すのか。

中屋敷先輩はたっぷりと時間を使い、ホワイトボードと同時に右手の爪をこちらに向けた。

「──フォーク投げたら全部剝がれた」

悲しげな表情で繰り出された回答。笑いと怒りの感情が半々で込み上げてしまい、俺は思わず立ち上がった。

「登板前日にネイル予約すんなよ！」

自分の声が会場に響く。全自動で繰り出された怒りのツッコミ。追いかけるように、先程よりも大きな笑いが会場を包み込む。

その瞬間、中屋敷先輩の回答は俺も計算に入れていたのだと理解した。笑いを共に作り上げた感覚。魔法のように、視界の端が煌《きら》めき始める。得も言われぬ爽快感が血液を駆け巡る。

だがその感情は持続せず、すぐさま悪寒《おかん》が俺の背筋を舐《な》めた。

『あはは、良いガヤが飛んできましたね。ホントふざけんなよ！』

司会者の声を耳にして、そこで初めて自分が出しゃばってしまった事実に気付いた。

頬の内側に熱がこもり、無性にこの場から逃げ出したくなる。

「あれ、市井《いちい》クーン？　どしたの、立ったまま固まって」

熱い、熱い、熱い。もう耐えられなかった。

俺は中屋敷先輩の声から逃げるように、全速力で客席を後にした。そのまま無我夢中で逃げまどい、気が付けば男子トイレへと駆け込んでいた。

恥ずかしい、恥ずかしすぎる。俺はどうやら、知らない人間が大勢居る空間では小心者になるらしい。学校では馬鹿になれるのに、一歩外に出るとこんなに委縮してしまう。

その事実すら、なんだか恥ずかしかった。

涙を堪えながら狭い個室に滑り込み、便器に腰を下ろした。壁には、知らないバンドのステッカーがベタベタと隙間なく貼られている。その中にあった『幸福ハッピー教』というバカバカしい響きのロゴを一心不乱に見つめつつ、先程の反省会を開始する。

「何やってんだ、俺……？」

これは大喜利のイベントであり、教室で行う乳首相撲の夏場所ではない。たった二分で痛感してしまうほど周囲のレベルが高く、今の俺では到底敵《かな》わないくらい笑いのセンスを有している。お客さんとて、目が肥えた人ばかりだろう。そんな中、勝手に発言して注目を浴びてしまったのだ。

「おーい、大丈夫?」

俺がいじけていると、扉の向こうから中屋敷先輩の声が聞こえてきた。

「中屋敷先輩。大喜利はもういいんですか」

「うん、私の出番はさっき終わったよ。来てくれてありがとね」

「……いえ」

大喜利は面白かったですから。そう言いかけた瞬間、扉が大きく揺れる。

「よっと。ちょいとお邪魔するよ」

「は? いや、何してるんですか!」

あろうことか、頭上から中屋敷先輩が降ってきたのだ。当然ながら個室は狭く、中屋敷先輩は俺に跨《また》がるような体勢になる。そもそもここは男子トイレである。

「……あれ、泣いてた? あんなの、気にしなくてもいいのに」

「別に、気にしてません」

「ガヤなんて、大喜利のイベントじゃ珍しくないよ?」

「えっ、そうなんですか」

「ほー、やっぱ気にしてたんじゃん」

ちらりと様子を窺《うかが》うと、勝ち誇ったような表情をつくってやがった。どうやら俺は上手《うま》く誘導されたようだ。

「まあまあ、そんなことよりだよ！　キミはやっぱり逸材だよ。私とお笑いするよね？」

中屋敷先輩は俺の両肩を掴み、勢いよく揺らしてくる。ぐわんぐわんと揺らされる脳で、中屋敷先輩の発言を咀嚼《そしゃく》する。俺のどこが逸材なのか。

「中屋敷先輩は、もっと才能がある人と組んだほうがいいですよ」

「ううん、誰かを笑わせたいと思える時点で才能があると思うよー？」

吐息がかかるほど近い距離に、目を背けてしまう。

「でも、俺は別に面白くもないですし……」

「技術なんて、後からついてくる。それに、私がキミに魅力を感じたのはそこじゃないんだよなぁ」

中屋敷先輩はおもむろに立ち上がり、そのまま壁に背を預ける。

「……あの騒がしい会場で、市井クンの声だけは、はっきり聞こえたんだ」

「声、ですか」

「例えばさ、大声でツッコミを入れるとする。それは間違いなく皆の耳に届くだろうけど、雰囲気が変わっちゃうの。下手すればノイズにもなりかねない。でもキミの声は、響きの良さだけで多くのお客さんに伝えることが可能なんだよ！　つまり、場を支配できる武器になるってこと！」

声に関しては、綿貫《わたぬき》にも褒められている。発音が明瞭なのだと。

「それにさ、あのツッコミって無意識でしょ？　私の視線を感じて、アイコンタクトで応じてくれたんだよね？」

中屋敷先輩は興奮しながら、再び俺の上に跨った。

「相性バッグンなんだよ私達！　キミとなら、アドリブ漫才だってできる気がするなあ！」

「……買いかぶりすぎですよ」

「そんなことないよ。私、これでもアマチュア芸人としてそこそこ頑張ってるんだから」

「芸人……？　大喜利の人じゃなくて？」

「大喜利はまあ、娯楽の一環。私のメインはピン芸なんだ。でも、私はピン芸だけじゃなくて、漫才もコントもやりたい。そして賞レースで優勝するの。ピン1も、キングオブマンザイも、CCS《コントチャンピオンシップ》も狙いたいの！」

それらの賞レースの名前は俺でも知っている。幾多の芸人達が熾烈《しれつ》な争いを繰り広げ、純粋に面白さを競う大会だ。おそらく、三冠を成し遂げた芸人はまだ存在しなかったはずである。

「まあ、私の夢はいいや。とにかくとにかくっ、いろんな人を見てきた中でビビッときた」

中屋敷先輩は脱力するように笑い、小声でこう囁《ささや》いた。

「あと、自分では気づいていないかもだけど、キミのツッコミの語彙だって凄《すご》いよ。最初に話した夜なんて感動しちゃったもん」

「いや、あんなの普通じゃ……」

「普通の人は、あんなに素早く切り返せないよ。キミの才能はツッコミなんだよ。ボケは好きなコに届かなかったかもしれないけど、ツッコミなら……間違いなくブッ刺せる。断言してあげる」

「な、なにを根拠に」

「ん？　単純な話だよ。キミの友人達、キミがツッコんだときが一番楽しそうだったよ」

そう言われた瞬間、息を呑《の》んでしまう。

瀬音《せおと》に特攻した三ヶ月は、ボケとしての自分だ。そして現状では届いておらず、手ごたえすら摑《つか》めていない。だが、ツッコミとしてならどうか。それも、素人目に見ても衝撃的な憑依《ひょうい》芸が可能な人物とコンビを組んだとしたら。

「想像してみてよ。校内一の奇人と言われた私と、好きなコの為《ため》に奇行を続けるキミ。そんな二人がコンビを組んで、全校生徒どころか全国民の笑いをかっさらうなんて最高にドキドキしない？　するよね？　だってさ――」

もはや甘言に近い。そうわかっているはずなのに、胸の高鳴りは治まってくれやしない。

たった一瞬とはいえ、あの時の俺は間違いなく。

「キミが私にツッコんだ瞬間ね、最ッ高に気持ち良いカオしてたもん」

得も言われぬ爽快感を覚えてしまったのだから。

夕闇、河原町通に流れるヘッドライトを見つめながら缶ジュースのプルタブを開ける。

俺と中屋敷先輩は、雅古都《みやこと》の外に出て気持ちを落ち着かせていた。中屋敷先輩は駐車場のフェンスにもたれながら、差し入れで貰《もら》ったらしいカマボコをまるごと頬張っている。

「本当に、俺でいいんですか」

「もう、何回その質問するの。私はキミが良いって言ってんの。ほら、カマボコ食べなよ」

「……なにゆえにカマボコ？」

「新鮮な魚介類が好きなんだよねえ、私」

「すり身ってそのカテゴリに含まれます？」

とてつもなく自由で、変な先輩だ。その印象は変わっていない。

だが、中屋敷先輩が魅せた熱は紛れもなく本物で、俺の心は見事に傾いてしまった。

「中屋敷先輩」

この人は、どこまでも馬鹿で、それでいて本気なのだ。

「ん、どしたの？　やっぱり欲しくなった？」

「いえ、違います。中屋敷先輩が変な格好してた理由って、もしかして……お笑いのためですか？」

「ああ、そうそう。ごめいとーう。よくわかったね」

中屋敷先輩はもぐもぐと咀嚼しながら、大きく頷《うなず》いた。彼女が着ぐるみを纏《まと》っていたのは、尖《とが》る為でも、ウケを狙ったわけでもない。ただ、役柄を自分自身に定着させていたのだ。大喜利の途中で見せた憑依芸は、一朝一夕で身に付く技術でないのは明らかだ。

「毎日違う着ぐるみやコスプレをして、その役になりきって生活する……そうすることで、並外れた演技力を得ようとした、ってことですか？」

「ん、大体合ってる。ゆくゆくはコントもやりたいからね。コントって、始まりから終わりまで役を貫かなきゃいけないもん。だから私は、色んな格好で生活してるの。憧れの人の真似《まね》っこだけどね」

特別なことでもないよ。そう言わんばかりの表情に目眩《めまい》がした。中屋敷先輩は奇人のレッテルなんて厭《いと》わずに、ただ将来を見据えて行動していたのだ。

「まあ、中にはダメだったものもあるよ。茄子《なす》の気持ちなんて全然わかんなかったし、今日の海老《えび》だってイマイチだったなぁ。でも、水着は良かったかも。あれで夏のスイッチがしっかり入ったからね」

無邪気な笑顔を直視できなかった。俺だって、それなりの目的を胸に行動してきたが、中屋敷先輩とは覚悟がまるで違った。彼我の差は明らかであり、空っぽの自分がとても小さく思えてしまう。

「なんで、そこまでできるんですか。学校で孤立しているのはわかっていますよね?」

「うん。みんなすごい目で見てくるから、嫌でもわかっちゃうよ」

中屋敷先輩は困ったように頬を掻《か》く。だが、すぐに気を取り直すように瞳を輝かせた。

「でも私、ステージ上での評価以外はどうでもいいんだ」

その言葉は燃料となって、俺の胸底を燃やす。俺はまだ、ちっとも全力で向き合っていなかった。小手先の策を弄してやってる感を出していただけで、何も理解していなかったのだ。全てをかなぐり捨てて挑まなければ、結果はついてこない。

「……中屋敷先輩についていけば、あの子も笑ってくれますか」

「当ったり前じゃん。あのコどころか、全国民を笑い殺してやる」

おそらく、瀬音は並大抵の芸では笑わないだろう。今日だって楽しそうに身体《からだ》を揺らし
ていたが、声をあげて笑ってはいないはずだ。それこそ観客を全員殺すくらいの圧倒的な
芸でないと、瀬音は笑顔を見せないのではないか。

ならば俺がやるべきことは、芸の世界に身を投じる他ない。

「……お笑い、やってみたいです」

「おっ、二言はない？」

「はい。俺にだって、後ろ指を差されても譲れないものがありますから」

そう宣言すると、中屋敷先輩は「愛だねぇ」と噛《か》みしめるように呟《つぶや》いた。

「動機はなんだっていいよ。むしろシンプルで一番いいかも」

「あ、でも。もし目的が意外と早く達成できたら俺は……」

辞めるかもしれない。そう続けようとした唇に、カマボコを押し付けられる。

「キミがあのコをお笑いで殴り飛ばした頃には、辞められないくらいにどっぷり浸《つ》かって
ると思うよぉ？」

ありえない、とは言えなかった。俺はカマボコをいなして薄く微笑《ほほえ》んでから、右手を差し出す。中屋敷先輩は、にへらと口元を緩めながら俺の手を握り返した。

「今日から相方として、よろしくお願いします」

「あはは、かったいなぁ。これからは敬語もなし、私のことも名前で呼んでよ。距離感近いほうが、気兼ねなく意見交換できるからね」

七月十二日。

この瞬間を起点として、俺の運命は動き出すのだろう。

「……よろしく、結羅」

「うん。やってやろうぜ、ハルくん！」

青紫色の夕空から、細い日差しが漏れ落ちる。ビルの窓ガラスに反射する光が俺達を貫く。たった一度、たった数十分。その偶然が、まるで祝福のように重なりあう。日没から僅かな時間しか拝めない現象を、人はこう呼ぶ。

「マジックアワー」

「……へぇ、いいかもね。マジックアワーってコンビ名」

無意識に漏れた言葉を、結羅が意図せぬ方向で拾い上げる。

「あ、いや、そういう意味で言ったんじゃなくて」

「そうなの？　でもしっくりきちゃったなぁ。コンビ名はちゃんと考えてたのになぁ」

「じゃあそっちでもいいぞ。俺のはただ、口から出ただけの単語だから」

「ホント？　じゃあ『それいけ歯ボーイズ』ね！」

「……うん、マジックアワーにするか」

「ひっど。ちょっとは迷えよー！」

ぷりぷりと怒る結羅を宥《なだ》めながら、俺達は雅古都に戻る。イベントはいつの間にか最後の挨拶に差し掛かっていたようで、結羅は慌てて壇上に戻り謝罪していた。俺は客席には座らずに、最後尾から相方の姿を見守る。

『お、結羅ちゃんおかえり。いやー、まあ。若いと色々あるよね。うんうん！　あ、最後の挨拶よろしくね』

だが、どうにも司会の様子がおかしい。いや、会場全体を包み込む空気が妙だった。結羅も異変に気がついている様子だったが、すぐに笑顔をつくって壇上の中央に移動した。慣れた手付きでマイクを操る結羅に、会場中の視線が注がれる。

『今日は皆様に、お知らせがあります！　実は私、今日からお笑いコンビを組むことになりました！』

どよめき。ピン芸人としての結羅を知らないが、この反応から察するだけでも注目度の高さが窺《うかが》える。

『はい、ハルくんカモン！』

「……へ？」

まさか名を呼ばれるとは思っていなかったので、呆気《あっけ》に取られてしまう。会場の視線が今度は俺に注がれて、先程の失態が一瞬で蘇《よみがえ》る。恥ずかしい。そんな目で俺を見るな。様々な感情が心臓を捉えて離さない。だが。

『おいハルくん、ビビってんのかぁ？』

相方は俺を煽《あお》る。そんなもんかよ、と言わんばかりの挑発的な瞳で。

「……うるせぇ」

俺は悪態をつきながら、壇上へと一歩ずつ近づく。恐怖も羞恥も、次第に霧散していく。結羅の隣に立った頃には、高揚感だけが身体を支配していた。ああ、これは魔法だ。

『私達マジックアワーは、漫才とコントで頂点を狙います！　首を洗ってまってろよぉー？』

ステージに立つだけで、こんなにも脳内物質が溢《あふ》れ出すのだから。

イベント後、俺と結羅は見知らぬ人達に取り囲まれた。ハンドルネームとおぼしき名前を言われても顔と結びつくわけがない。興味を失った俺は視線を巡らせて瀬音《せおと》の姿を探すが、なかなか見つからなかった。

「センス溢れる結羅嬢は孤高のピン芸人を極めると思ってたけど、まさかコンビを組むとはねぇ」

「やだなぁ。私、三冠狙ってるって言ってたじゃんか」

「そうだっけ？　まあいいや。それより、彼と組んだ決め手は何なの？　やっぱり愛？」

「……へ？　愛？」

聞き捨てならない単語に、俺の意識は戻される。結羅がぽかんと口を開けるのも無理はない。俺と結羅は断じてそんな関係ではないが、不穏な会話は白熱していく。

「おい、『東京ニュウギュウ@お盆は帰省中』よ。野暮なこと言うなって」

「ああ、そうだな。『充血眼の入院龍《ブラッドアイズ・ホスピタルドラゴン》』よ。なんたって、もう二人は一線を……」

「ま、待ってください。なんの話ですか？」

謎の名前で呼び合うおじさん達の会話を遮ってしまう。

なにやら、よくない誤解が生まれている気がした。

「兄ちゃん照れんなって。トイレであんなことしてたくせに。ちょうど休憩中だったから、外にまで声が漏れてたんだよ。その……私にツッコむとか、最高に気持ちいいカオとか

「……」

最悪だ。否定の言葉を探すが、旗色が悪すぎる。

発言自体は事実なだけに、覆《くつがえ》せる自信がない。

「ちょっとー。私とハルくんは……」

「皆まで言うな結羅嬢。超絶変人のキミにも、ようやく春が来たんだろ？」

「う、違うもん……ホントにそういうんじゃなくて……」

結羅がなにやら恥ずかしそうにしているので、俺はたまらず指摘する。

「おい、照れんな。事実みたいになるだろ」

「だ、だって私。こんなノリ初めてだから……」

「距離感バグってるくせに、こういうのは恥ずかしいのかよ」

「え、私の距離感っておかしいの？」

「もしかして、同年代の男子と接したことがないのか」

「うん。友達すら居ないもん。それに、キミなら別にいいかなって。ほら、だって――」

「これ以上誤解を招く発言はやめてくれ！」

俺は右手で結羅の口を塞ぎ、再度辺りを確認する。こんな話題、瀬音に聞かれてはたまったものではない。だが、不幸というのは得てして重なるものである。

「市井《いちい》」

鈴が鳴るような声が耳に届く。いつの間にか、隣には瀬音と綿貫《わたぬき》の姿。

「ハル、その……若いから当然の欲望とはいえ、時と場所を選んだほうがいいと思うよ？」

「ち、違う、誤解なんだ……」

俺は涙ながらに訴えるが、当然ながら響きやしない。綿貫は気まずそうに視線を泳がせ、瀬音は感情のない瞳で俺を射貫《いぬ》く。そして。

震える俺を見限るように、瀬音はぷいと背中を向けた。もう、何もかも終わりだ。

「……ます」

「ん、ハルくん何か言った？」

「コンビなんて、解散します」

七月十二日。マジックアワーは結成後、わずか数分で解散となった。

第二回単独公演『とはいえ外はサマー』

結局、大喜利イベントで生じた誤解が解けないまま一学期を終え、夏休みを迎えてしまった。事実上の鎖国である。しかし、このまま手をこまねいているわけにもいかない。偶然と夏の魔法とアブラカタブラな力に頼って関係性を修復しなければ、俺の恋は線香花火よろしく地へ落ちてしまうだろう。

「――で、好きなコの誤解が解けない状態ではお笑いなんてやってらんない。ハルくんはそう言いたいんだね？」

正面に座る結羅《ゆうら》が俺をジト目で睨《にら》みながら、ストローに口をつける。結成後に即解散となったマジックアワーは、実は二日後に再結成している。結羅があまりにもしつこかったからだ。とはいえ俺の原動力は瀬音であり、この問題が解決しなければ漫才をする理由もない。そこで設けられたのが本日の『第一回サイゼリヤ会議』である。結羅はぶくぶくとメロンソーダを息で泡立ててから、「じゃあ今日中にケリをつけるしかないか」と呟いた。

俺が懇願した甲斐《かい》もあり、結羅の服装はデニムに白いシャツという至って普通の装《よそお》いだ。

「……なんとかなるのか？」

「するしかない、が正しいね。実はキングオブマンザイの予選って来月から始まるから、漫才の練習を早くしたいの」

「もしかして、予選に出る気かよ」

「当ッたり前じゃん」

結羅はハイトーンのデザインカラーが目立つ髪を揺らしながら、不敵に微笑んだ。しかし、キングオブマンザイは数ある賞レースの中でも最高峰。優勝賞金は一千万円で、年の瀬に中継される決勝戦は毎年のように高視聴率を叩《たた》き出す人気コンテンツだ。どう考えても、付け焼き刃の芸が通用する舞台ではない。

俺がやんわりと意を伝えてみると、結羅は大きく息を吐く。

「ハルくん。見送れば優勝する可能性はゼロだけど、出場すれば僅かでも可能性が発生する。それに、大怪我《けが》したってあの舞台は間違いなく糧《かて》になると思うよ」

「……いきなり素人《しろうと》が滑ると、致命傷になるって言ってなかったか？」

「もう、そこは私が献身的に看病してあげるじゃん。このよくばりボーイめ」

蠱惑《こわく》的な視線。こういう素振りが誤解を招く所以《ゆえん》なのだが、結羅の距離感はこれがデフォルトらしい。

「まあ、先に対処すべきはハルくんの想《おも》い人の件だね。もうさ、ここに呼び出しちゃいなよ」

「……多分、来ないと思う」

「へ？　仲良さそうだったのに」

「そう見えたのか？　趣味も私生活も知らんぞ。でも……お笑いは好きって言ってたな」

「ホントに？　それは朗報だ！」

結羅はふふふと笑いながら、スマホの画面を見せてくる。そこには、座席番号らしきものが表示されていた。

「じゃーん！　本日なんと、『祇園風月《ぎおんふうげつ》』にてネタライブがあります！　夏休み特別公演だから実力派揃《ぞろ》いだし、お笑い好きなら来るんじゃないかな？」

「ただ、結羅がお笑いを観《み》たいだけじゃなくて？」

「そ、そんなことないよ！　まあ、ワクワクして眠れなかったのも事実だけど？　あ、心配しなくてもハルくんのチケットもちゃーんとあるよ！　お代は気にするでない！　大喜利イベントのチケットバックで、少し余裕があるからね。ふふん、感謝しろよー？」

口数の多さが答えだった。とはいえ、めぼしい策がないのも事実。可能性が僅かでも存在するのなら、飛びつく他ないだろう。

「……わかった、行く」

「ホント？　やったぁ、うれしいなぁ。誰かとお笑いライブに行ったり、一緒にキングオブマンザイを観たりするのが夢だったんだよね！　ああ、コンビを組んで良かったなぁ」

もぐら叩きのように身体《からだ》をぴょこぴょこ上下させ、喜びを表現する結羅。なんだか上手《うま》く言いくるめられた気がするが、まあ良しとしよう。

「ちなみにライブって何時からなんだ？」

「んとね、十七時に開場。だからさ、ちょっと色々回ろうよ！　食べ歩きとか、散歩とかー」

要するに遊びたいらしいが、歩いてばっかりじゃねえか。

「何その目！　いやほら、コンビを組むにあたって交友を深めることも大事じゃない？　ハルくん、私の趣味も好きなものも知らないでしょ？」

「……お笑いと新鮮な魚介類」

「あれ？　もしやエスパー？」

「薄々思ってたけど、結羅ってポンコツなのか？」

「その分析は甘いよハルくん。卵焼きよりも甘いね！」

「味付けは家庭によるだろ」

俺の指摘もなんのその、結羅は翡翠《ひすい》色の大きな瞳に光を宿した。

「私はポンコツじゃなくて、同年代の人と接する機会がなかったから舞い上がってるだけだよ！」

興奮から察する限り、想像を絶するほどにぼっちを極めていたのだろう。ステージ上の評価以外は気にしないと言っていたが、普通の一面も持ち合わせていたようで安心する。

少なくとも、心を失った悲しきお笑いモンスターではないらしい。

「まあ、そこまで喜んでくれるならいいか」

「さっすが！　私が見込んだだけある！」

「そう言われてもな……。大体、俺を見込んだのは何がきっかけだったんだ？」

俺の声やツッコミの語彙が決め手になったとはいえ、見出《みいだ》されたのは結羅に目を付けられた後である。この際、すべて聞いてしまったほうがいい。

なんとなくそう思い、言葉を続けた。

「同志を見つけたって言ってたけど、馬鹿やってるヤツなんて俺だけじゃなかっただろ？」

高校生の男子など、基本的には馬鹿と阿呆《あほう》だ。その中で、なぜ俺だけが白羽の矢を立てられたのか。結羅は質問を噛《か》みしめるように頷《うなず》きながら、口角をにっと吊《つ》り上げた。

「一番、諦めが悪そうだったから」

「……はい？」

思いもよらぬ理由。けれど、冗談を言っている響きではなかった。

「お笑いって、実力があっても芽が出るかわかんない。若いうちはいいけど、大人になるにつれて自分の人生を見つめ直す時が来るはずなの。このままでいいのか、将来はどうなるのか。そうして不安になっても……諦めきれない人にチャンスが降ってくると思うんだよね。だから、諦めが悪そうなキミを直感で選んだ」

紡《つむ》がれる言葉が腑《ふ》に落ちる。俺が瀬音《せおと》のために様々な芸を披露していた期間は三ヶ月に及ぶ。暖簾《のれん》に腕押しする期間としては長いだろう。その証拠に、瀬音相手に奮闘する他の馬鹿は次々と脱落した。結羅はその情報も知り得ていたに違いない。

「私は三冠を本気で狙ってる。でも、すんなり獲《と》れるなんて思ってない。困難を伴うからこそ、私と同じ歩幅で進める人が相方の絶対条件なの。今のところ、ハルくんにはまだ熱が足りてないけど……そこは後から追いついてくるよね？」

壇上から向けられたものと同じ視線。理由はわからないが、この挑発的な視線を浴びると無性に胸の奥が熱くなる。

「まあ、誤解が解決すれば本気にならんでもない」

「へへへ、素直じゃないねぇ。じゃあ、それならぱぱっと解決しちゃおっか」

結羅が私にまかせんしゃいと言いたげに胸を叩く。かなり不安ではあるが、結羅とて瀬音と同じ女子高生。効果的な作戦があるのだろう。少なくなったコーラを飲み干しつつ、そう分析する。

だが、すぐに誤りだったと痛感することになる。


結羅は語る。

「仲直りに必要なのは、焼肉だと思うの」と。

飲食店やお土産屋、果ては怪しげな古着屋などが立ち並ぶ寺町京極《てらまちきょうごく》商店街を北上しつつ、「塩タンは平和の象徴」だの「ハラミは積年の恨みも帳消しにする」だのと、牛サイドの平和をフル無視した理屈を延々と聞かされた。相手が食べざかりの野球部ならともかく、この方法で瀬音との関係が修復されるはずもない。

「結羅ってさ、人と仲直りした経験があるのか？」

「ないよ。こじれる相手も居なかったんだから」

「じゃあ、どこから湧き出る自信なんだよ」

「え？　男子高校生ってお肉で全回復するじゃん」

「……瀬音は女子高生だぞ」

「なんで瀬音ちゃんが出てくるの？」

「最初から瀬音の話だっただろ」

「んぁ？」

「え？」

話が噛み合わない、といった顔。俺も同じ表情を浮かべていただろう。

「待って待って。キミの好きなコって、綿貫《わたぬき》クンじゃないの？」

お互いの足が止まる。しばし見つめ合いながら固まった後『ろっくんプラザ』と呼ばれる小さな公園から鳩《はと》が飛び立ったのを合図にして、再び俺の思考が動き出した。

たしかに、結羅に対して「瀬音が好き」だと明言した覚えはない。結羅もまた一貫して「好きなコ」と述べていた気がする。

とはいえ、瀬音をすっ飛ばして綿貫に着地する意味がわからない。

「綿貫なワケないだろ」

「いやでも、あの中性的な見た目って需要あるじゃん。男の娘《こ》ってやつ？」

「……じゃあ、俺が綿貫のために頑張ってると思っていたのか？」

「違うの？　心が通じ合ったような雰囲気も出してたのに」

ポンコツここに極まれり。全て理解したかのような言動だったが、何もわかっていなかったのである。結羅《ゆうら》は己の失態に気づいたのか、目の焦点が段々と定まらなくなる。

「待って！　つまりつまり、ハルくんの恋愛対象は女の子だったってこと？」

肯定すると、結羅の頰が赤く染まっていく。

「じ、じゃあさ。私ってハルくんに対して結構ヘンな距離感だったんだね……」

「今更かよ。明らかに距離が近かったぞ」

そう指摘して、合点《がてん》がいった。結羅は俺を女友達のように捉えていたのではないか。

「私、ハルくんの上に跨《また》がったり、それで皆に誤解されたり……ああ、だからあのとき恥ずかしかったんだ」

よくわからないが、結羅なりに羞恥心の線引きが存在するのだろう。俺はいたたまれない気持ちになってしまい、ひとまず『ろっくんプラザ』の椅子に腰掛けるよう促した。結羅は呪文のように独り言を唱え、力なく腰を下ろす。

「……まあね、コンビに恋愛感情を持ち込んだりはしないけどさ、私だって一応女の子だし、恥じらいってものもあるんですよ」

その恥じらいがもう少し機能してほしいところだが、今は何も言うまい。俺が無言で合掌していると、結羅は前触れもなく突然立ち上がった。

「でもまぁ？　やることは変わらないし？　むしろ距離感が近くてもお互いに意識しない関係性こそが理想みたいなところあるじゃん？　うんうん。だから私は間違ってないし、これからもハルくんへの対応を変えたりしないから！」

目をぐるぐると回しながら、早口でまくしたてる結羅。どうやら、動揺するといつも以上に口数が多くなるらしい。

「な、何その視線！　別にハルくんを特別意識してるわけじゃないから！」

「……だから、俺は瀬音一筋だって」

「あ、なんかフラれたみたいでやだ！　撤回しろ、てっかいー！」

結羅の声は夏空に響き渡り、通行人が何事かと視線を巡らせてくる。俺は結羅を手で制するが、噛み付いてくるのではと恐怖を抱く勢いで撤回を要求しやがる。完全に痴話喧嘩《ちわげんか》の様相だ。

「……他人の評価なんてどうでもいいんだろ？」

「ハルくんは相方だから他人じゃないんですー！」

「なんだよその理論」

結羅は他人の評価を気にしない。だがそれは、結羅の交友関係が拓《ひら》かれていないが故の自己防衛だったのかもしれない。俺と出会ったことにより、結羅はこれからも変化を遂げていくのだろう。

「……私だってさぁ、どうしていいかわかんないんだよ」

少し落ち着きを取り戻した結羅が、拗《す》ねるように言葉を吐く。笑いに関してはご教授願う立場だが、日常生活においては俺が手綱を握らねばなるまい。なるほど。コンビを組むにあたり、交友を深めるのはたしかに重要かもしれない。そう思わざるを得なかった。

祇園風月《ぎおんふうげつ》の会館は八坂《やさか》神社からほど近く、芸者と舞妓《まいこ》の街でもある祇園地区に位置している。この辺りは観光客が多いので、よほどの用事がない限りは寄り付かないエリアだ。

俺は会館前に集まったお客さんをかき分けるが、瀬音の姿は見当たらなかった。

「ハルくんハルくん。開場したよ？　早く入ろうよ。一分でも長く劇場の空気を吸ったほうがお得だよ？」

数時間前の出来事など嘘《うそ》のように結羅は復活を遂げ、俺の頬を伸ばしてくる。

「いだいいだい。結羅、待て。俺はギリギリまで瀬音を探す……」

「えー、でも瀬音ちゃんも早々と中に入るタイプだと思うよ？　外暑いし」

なるほど、一理ある。制汗シートを何度使っても汗が吹き出るほどには暑い。小柄で線の細い瀬音が、炎天下で待機している姿は想像しにくい。俺は渋々提案を受け入れ、劇場に流れる列の一部と化した。にじにじと進んでいると、結羅が「あ！」と声を発する。近くに知り合いを見つけたらしい。

「有刺鉄線ぐるぐるバットさん、お久しぶりです！」

おそらく、芸名かハンドルネームなのだろう。物騒な名前で呼ばれた女性は結羅を認めるなり破顔して、軽い挨拶をしていた。やがて列が進み、有刺鉄線ぐるぐるバットさんは劇場内へと消えていく。俺はふと気になった疑問をぶつけてみた。

「……結羅ってさ、学校以外だと親しい人が多いのか？」

「んー？　なになに？　嫉妬？」

「違う。学校でクソぼっちなのは知ってるけど、大喜利イベントでは知り合いが多かっただろ？　それなら、相方もその中から見つければ良かったんじゃ……」

「あー。みんな基本的に年上だし、対等な関係性では付き合えないかな。それに、社会人やフリーターの人とは生活リズムが微妙に合わないから」

「大事なのか、それ？」

「ちょー大事ッ！　練習時間が確保できないじゃん」

「ああ、そうか」

俺が納得すると、結羅は「それにもうひとつ。ちょっと突っ込んだ話になるけど」と前置きして、さらに熱弁を続けた。

「キングオブマンザイの参加資格は、プロ・アマ問わず結成十五年以内のコンビに限られるから、私達が毎年参加をしたらラストイヤーは三十二歳。ハルくんは三十一歳かな。でも、もし相手が十歳年上だと、どうなると思う？」

促され、思案してみる。仮に結羅がアラサーの相方と組んだ場合、相方のラストイヤーは四十歳オーバーだ。

「もちろん、賞レースで結果を残さなくても人気になるコンビはいくらでもいる。そこまで人気がなくても、営業だけで生活できる可能性だってある。でも、芸人として鳴かず飛ばずの状態で、縋《すが》れるものが賞レースだけの状態で……結果が出なかったら？」

「……四十歳を過ぎて、夢が潰《つい》える」

「そう。待ち受けるのは厳しい現実だけ。その年齢になったら就職は難しい。芸人とアルバイト以外の選択肢がなくなっちゃうの。もちろん、それが幸せだと言い切れる人も居るだろうけど……そう思い込まなきゃ生きていられない人もたくさん居る。まあ、新しい人とコンビを組み直せば参加資格は復活するけどさ、その年齢で良い相方と巡り会うのは難しいよ。前例はあるけど奇跡に近いからね」

結羅が告げたのは生々しいリアル。しかし、頭の片隅には入れておかねばならない問題でもある。

「私は相方の人生をすべて背負う自信なんてないからさ。同じ歩幅で進んでも、相方が燃え尽きちゃう可能性も考えておきたくて。だから年齢が近い人が良かったの。三十歳過ぎなら就職だってギリ間に合うでしょ？」

芸人はいつ芽が出るかわからない。諦めが悪い人間でも、安定している人間と比較して、いつか心が折れるかもしれない。結羅は俺の適性を見定めつつ、保険についても頭に入れていたようだ。

「ホントは養成所に入ってから相方を見つけるつもりだったけど、学生のうちにハルくんと出会えたのは僥倖《ぎょうこう》だよ、ぎょーこー！」

結羅はぱっと微笑《ほほえ》むが、俺は上手《うま》く笑えなかった。正直なところ、そこまで具体的なプランを描いていなかったからだ。もし本気でお笑いに臨むのなら、青春どころか人生の大半をかなぐり捨てる覚悟が必要なのではないか。

「あ、やっと入れるよ！　ほら、行こう行こう！」

無邪気な声に背を押され、再び歩みだす。

俺は、結羅と同じ歩幅で進めるのだろうか。

その問いかけは、夏の日差しを浴びても溶けてくれやしなかった。

祇園風月の建物はもともと映画館だったらしく、想像していた舞台よりもやや小さかった。そのぶん、演者との距離が近いのでライブ感が味わえそうだ。ハイテンションの結羅に案内された座席はかなり後方だったが、前の列よりも高さがあるのでステージは問題なく目視できる。

「開演前の独特の緊張感、たまらんねぇたまらんねぇ」

右隣に腰掛けた結羅が揺れるので、俺の脇腹に肘が突き刺さる。

「痛い、もうちょっと離れろ」

「仕方ないじゃん。座席も狭いんだし」

「じゃあ揺れるな」

「えー、一緒に揺れようよー」

結羅が不満そうに寄りかかってくる。注意をしても無駄なのだろうと諦めていると、結羅が「あ、今日出る漫才師だよ」とスマホを手渡してきた。画面には、何組かの宣材写真が表示されている。各組の名前をチェックしていると、見慣れたコンビで目が止まった。

「シーサイドベルも出るのか」

「ハルくんもシーベルは知ってるんだ。売れっ子だもんね」

ネタはあまり知らないが、バラエティ番組でよく見かける若手漫才師だ。ルックスが良く、女性人気も高いらしい。

「他は？　他は知ってたりする？」

「んー、うららショットガンもわかる」

数年前まではテレビで活躍していた女性漫才コンビだが、最近はめっきり露出が減った。まだお笑いにしがみついているとは思わなかったが、細々と頑張っているようだ。

「俺が知ってるのはこの二組かな。ほら、スマホ返す……」

「ハルくん。今日は、うらショの漫才に注目していてね」

結羅に視線を向けた瞬間、思わず身震いした。爛々《らんらん》と輝く瞳の中に、たしかな闘志。結羅の表情はお笑いモードに切り替わっている。呆気《あっけ》に取られていると、いつの間にやら緞《どん》帳《ちょう》の前に二人の男性が登場していた。

「あの人達は前説の若手芸人。注意事項を解説するのが主な仕事だけど、トークで劇場を温めて、お客さんとの壁を取り払う大事な役割もあるの」

結羅の説明にほほうと頷《うなず》いていると前説が終わり、開演を告げるブザーが鳴り響いた。

一組目のコンビが拍手と共に迎えられる。前説が劇場を温めた効果もあるのか、最初のボケで一気に摑《つか》まれる。俺と結羅《ゆうら》は声をあげて笑う。「いい加減にしろ」という最後のツッコミが繰り出されるまで、口元が緩みっぱなしだった。舞台袖に消える彼等《かれら》に惜しみない拍手を送り、大きく息を吐く。

続けて登場した二組目の漫才も面白かった。生で観《み》る漫才は迫力満点だ。客席から押し寄せる笑いの渦が、さらなる爆笑を連れてくる。二組目のコンビが舞台袖に消える頃には、俺の目尻には涙が溜《た》まっていた。

「どう？　生の漫才は」

タイムテーブルの隙間を見計らい、結羅が質問を投げてくる。

「最高に面白いな。テレビとは別物だ」

「でしょでしょ。次はうらショだから、目ぇかっぽじってよく見とけよー？」

自信たっぷりに結羅が言う。本当に面白いのかと内心で訝《いぶか》しんでいると、結羅が声を潜めて問いかけてきた。

「ハルくんはさ、うらショをテレビから消えた芸人だと思ってるでしょ？」

「……まあ、そうだな」

素直な評価を口にする。うらるショットガンは、独特な間でふわふわボケる桃井《ももい》と、関西弁でキレがあるツッコミを放つ上別府《かみべっぷ》の女性二人組である。俺が小学生の頃は、コント番組やドッキリ番組によく出演していた。しかし、露出が激減するにつれて人気も低迷し、今では懐《なつ》かしの芸人枠。俺がその認識を伝えると、結羅はなぜかにっこりと微笑んだ。

「うらショはテレビから消えたんじゃなくて劇場を選んだの。今でも大人気だし、芸人からは劇場女番長って呼ばれてるんだよ」

温かな吐息が、耳の奥で衝撃に変わる。それが真実なら、彼女たちは華々しい世界を自ら捨てたことになる。切り返せずに呆《ほう》けていると、結羅がちょいと前方を指差した。意識をステージに向ける。うらるショットガンが拍手と共に登場する。

「どうもー、うらるショットガンです。よろしゅう頼んますぅ」

ツッコミの上別府が挨拶を口にした瞬間、胸ぐらを掴まれたような錯覚に陥る。襟元をねじ上げられ、自分の身体《からだ》が宙に浮くような恐怖。

対峙《たいじ》という表現でさえ生ぬるい、一方的な威圧感が肌を刺す。

なんだ、この感覚は。

「最近疲れが溜まってるからね、隠れ家カフェにハマってるんすわ」

「ああ、いいね。私も好きだよ」

「ジブン、そういうの詳しそうやもんな。どんな店行ってるん？」

「周囲に合わせて色を変えるカフェとか」

「なんやそのバッタみたいな隠れ方」

声が響く。内臓が揺れる。上別府の顔がぬっと眼前に迫る。長い黒髪から覗《のぞ》く鋭い視線が、蛇のようにまとわりつく。無論、上別府はステージ上に居る。数十メートルは離れている。それなのに、至近距離で睨《にら》まれている気がする。ステージから目が離せない。呼吸すらおぼつかない。

ああ、そうか。これは彼女たちが放つオーラだ。

言葉だけで、この劇場を掌握しているのだ。

静かに、それでいて確実な威圧感を放ちながら、上別府が話を広げていく。

「――でもな、理想的な隠れ家カフェはまだ見つかってへんのよ」

「そっか。じゃあ私が貴女《あなた》の理想になってあげるね」

「えらい大きく出たな」

「任せてよ。隠れ家カフェなんて、ボサノバ流して五穀米でも食わせりゃいいんでしょ?」

「ヤフコメにおるアンチみたいな偏見やめろや」

意識が漫才に戻される。上別府がガラの悪い関西弁で間を繋《つな》ぎ、桃井のゆるやかなボケに緩急を生みだしている。

「まず、隠れ家カフェは目立たないことが大事だよね？」

「たしかに立地は大事やな。あんま人が寄り付かんほうがええわ」

「じゃあ、使われてない公衆トイレをリノベーションしようかな」

「衛生はもっと大事ちゃう？　なんで便所の跡地でチルせなアカンねん」

客席が揺れはじめ、笑いが弾《はじ》ける。

「全部洗っちゃえば綺麗《きれい》だって」

「いや、精神的な穢《けが》れってあるやろ」

「なにそれ」

「例えば、検尿で使ったコップを洗って、それで水飲めるか？」

「なるほど。たしかにコップはそうしたほうがエコかも。持続可能な社会ってやつだ」

「食器の提案してんとちゃうて。きっしょいSDGsやな」

「でもSDGsって具体的に何してるかわからないのが多いじゃん」

「まあ、やってる感が強いわな。企業が力入れてますアピールしてんのは鼻につくし」

「そうそう。だから取り組みを透明化するのは誠実じゃない？」

「誠意が綺麗な形とは限らんって痛感したわ」

「ダメかな？」

「アカンやろ。人通りが少ない便所で検尿飲まされるだけやんけ」

地力の高さを証明するかのような掛け合いが続く。暴力的な笑いに下腹部を踏み抜かれる。俺は笑っているのではなく、笑わされている。

「──まあまあ、ここから巻き返すから聞いてよ」

「……ほな、料理はどんなん出してくれんの？」

「カフェって手作りカレーのイメージがあるよね」

「その店構えで茶色が先陣切ってくんなよ」

無表情のまま淡々と繰り出されるボケに、荒い口調のツッコミが突き刺さる。最初の二組も面白かったが、明らかに格が違う。何もかもが洗練されている。緩急のある笑いが波状攻撃のように客席を飲み込んでいく。

「──じゃあサービス、サービス面でなんとか踏ん張らせて！」

「一応聞いたるけど、あんま巻き返すとか踏ん張るとか言うな。繋がってまう」

「隠れ家カフェに来る人って、過度な干渉は求めてないよね？」

「せやなあ。店員の名札があだ名の居酒屋とかめっちゃ嫌いやし」

「じゃあ、いっそのこと無人店にしちゃうのはどうかな？」

「便所に拍車が掛かってるやん。店員のちょっとした接客は欲しいわ」

「じゃあ声は出さずに、机を叩《たた》く音で会話するとか？」

「それでどうやって意思疎通すんねん」

「長居するお客さんの机を叩いて、急《せ》かしちゃうとか？」

「便所と同じシステムやねんて。もう便所飯の専門店やんけ」

「でも、トイレと隠れ家カフェって、居心地が大事って意味では通ずるから」

「急に悟んなよ怖いな。コロコロコミックからニーチェに飛んだぞ」

「どっちも懐かしいね。電子書籍でよく読んでたなぁ」

上別府は桃井の顔を睨んでから、大きく息を吸い込んだ。

「──そこは紙で読んで便所に寄せろや！」

客が抱いていたであろう感情を代弁するツッコミで大爆発が起きる。どれくらい笑ったのだろうか。上別府が最後のツッコミを放つ頃には、俺と結羅は呼吸困難に陥っていた。まさに拍手喝采。さながらショットガンのような音が会場中に鳴り響く。

「……レベルが違う」

漫才の終わりと共に、俺は感嘆するように呟《つぶや》く。素人目《しろうとめ》に見ても、うらるショットガンのネタは完璧だった。五百人近い客を相手にしているにも拘わらず、上別府も桃井も間近に居るようだった。舞台上でどう振る舞えば届くのか、熟知しているのだろう。

「凄《すご》いでしょ。仕上がり方が段違いだもん。今日のトリは知名度が高いシーベルだけど、漫才の腕はうらシヨのほうが完全に上だよ」

「たしかに、俺もそう思った」

「だよねだよね。単なるボケとツッコミの応酬じゃなくて、全体的にしっかり筋が通ってるからネタの強度が高いの」

俺は頷く。彼女達のネタを見た後であれば、テレビから消えたのではなく劇場を主戦場にしたのだと素直に理解できる。そう評価を改めていると、結羅が俺の肩をつんつんと指で突ついてきた。

「私ね、あの域に到達したい。ううん……しなきゃいけないの」

上気した顔で呟く結羅。翡翠《ひすい》色の瞳には、どこか危うげな光が宿っている気がした。

祇園風月《ぎおんふうげつ》を後にすると、夜の湿気がゆっくりと肺に落ちていく。心地よい疲労感だ。どの組も面白かったが、やはりうららるショットガンの漫才は別格だった。

「他のネタもあれくらい面白いのか？」

「うん。今日は夏休みの特別公演だったから、子どもも笑える下ネタが多かったけどね。

私は『かるた名人の収入源』ってネタがすごく好きで！」

俺と結羅が京都河原町《きょうとかわらまち》駅に向かいながら感想を語っていると、前方に見慣れたアッシュグレーの後頭部を認めた。

「瀬音《せおと》！」

俺はハイテンションを維持したまま瀬音のもとに駆け寄る。瀬音がくるりと振り返り、色素の薄い瞳が俺を捉えたところで、気まずい状態であることを思い出した。

「ハルくん、いきなり走るなよう」

そのうえ、隣には元凶とも言うべき結羅の存在。大喜利イベントでの騒動を加味すると、どう捉えてもデート現場である。無策でイノシシの如《ごと》く飛び出した己を呪いながら、ぎこちない笑みを瀬音に投げかける。

「市井《いちい》と中屋敷《なかやしき》先輩も来てたんだ」

しかし、予想に反して瀬音の瞳は輝いていた。相変わらず無表情ではあるが、わずかに頬が紅潮している。お笑いを摂取して気分が高揚しているのかもしれない。これなら誤解を解く流れに持ち込めそうだ。俺は勝利を確信しながら瀬音に質問する。

「瀬音はどのコンビが一番面白いと思った？」

「えーとね」

瀬音は目線を夜空に向け、少しだけ悩む素振りを見せる。だが、答えは明白。俺と瀬音は息を合わせるようにしてコンビ名を挙げる。

「やっぱり、うらるショットガンだよな！」

「シーサイドベル」

異なるコンビ名が響き渡る。シーサイドベルもたしかに面白かった気がするが、正直あまり印象に残っていない。俺が首を傾《かし》げていると、結羅《ゆうら》が「意見が割れるのもお笑いの面白いところだよねぇ」と訳知り顔で頷《うなず》いた。

「……そういうものなのか？」

「そりゃそうだよ。日本一の漫才を決めるキングオブマンザイでさえ、毎年のように賛否両論あるんだから。何年か前の優勝ネタは、あんなの漫才じゃないって大荒れしたし」

「漫才をあまり見ない人ほど、漫才の型について厳しい」

「あはは、キミ結構言うねぇ！　でもホントにそういうフシはあるよね」

普段から色々と溜《た》まっているのか、瀬音と結羅が結託して語り合う。予期せぬ構図だが、この状況は悪くない。俺に漫才をさせたい結羅は、瀬音との仲を取り持ってくれるはず。

その目論見《もくろみ》通り、結羅はぽんぽんと会話を進めていく。

「瀬音ちゃん、話がわかるねぇ。このあと空いてる？　トンカツ食べに行かない？　ご馳《ち》

「走したげる！」

「いいんですか」

「いいよぉ。後輩に奢《おご》るのは先輩芸人の役目だからね！　あ、ハルくんは相方だから、ここは自腹ですな」

「それは別にいいけど」

　俺は賛同する。流石《さすが》は結羅、話の主導権を握ることに関しては一級品だ。これで俺は、瀬音とトンカツを共にする実績を解除できるわけだ。あとでお礼を言おうと決意していると、結羅がこっそりと俺に耳打ちで囁《ささや》いてきた。

「同世代の友達ができるかもしんない！　嬉《うれ》しいなぁー」

　自分のためかい。

「じゃあ瀬音ちゃんは、シーベルの漫才を観《み》たのは今日が初めてだったんだ！」

　隣に座る結羅の声が『かつくら』に響き渡る。漫才を摂取し、気が合う女子と巡り会えた結羅のテンションはもはや最高潮だ。楽しげなのは何よりだが、俺だって瀬音と話したい。

「そうですね」

「もしかして、劇場に通いだしたのもわりと最近？」

「……はい。色々ありましたので」

向かいの席から紡《つむ》がれる瀬音の言葉を逃さぬよう、咀嚼《そしゃく》するタイミングに気を配る。

色々とは、一体なにがあったのだろう。ようやく発言できるチャンスが回ってきたのに、口の中のヒレカツが邪魔をする。俺がもごもごしている間にも、とんとんと話が進む。

「そっか。お笑いって、現実を忘れさせてくれるもんね。わかるわかる。私も色々あったからね」

結羅が意味深に言葉を発すると、瀬音は深く同調するように頷いた。瀬音の首を彩《いろど》るネックレスが光る。二人の表情に憂いの影が差す。瀬音の瞳が揺れるのも珍しいが、結羅が沈むのはもっと珍しい。一体、過去に何があったのだろうか。

「……市井」

しばらく押し黙っていると、瀬音が俺の名を呼んだ。

色素の薄い瞳でまっすぐ見つめられ、心臓の鼓動がどんどこと加速する。今日の瀬音は透け感がある服を着ており、生地越しにうっすらと地肌が見える。いつもより大人びた印象も手伝って、余計に緊張してしまう。

「ど、どうした？」

「市井はもう、裸になって私に変なことしないの？」

「言い方が悪すぎる」

胸の高鳴りがすっと凪《な》いでいく。おそらく、乳首相撲などを指しているのだろう。

「しばらくは休止かな。相方も逃げたし」

「そっか。志摩《しま》はもうやめちゃったんだ」

「ふぇっ？　待って待って。ハルくんの相方は私でしょ？」

結羅が不安そうな視線を向けてくる。

「そういうことじゃなくて。結羅と出会う前に、一緒に馬鹿やってたヤツがいたんだよ」

俺は志摩のふざけた顔を思い浮かべる。アイツが逃げたせいで、俺は一人で乳首をいじめる羽目になったのだ。その後もとくに謝罪はない。

「うう。そういえばそうだったね、私は二人目の女だもんね。ひどいよハルくん……」

演技スイッチが入ったのか、目の端に涙を溜めて面倒くさい女性を演じ始める。俺は無視を決め込みながら、瀬音に向けて説明を続ける。

「まあ、今の相方はあっちの馬鹿じゃなくてこっちの馬鹿だ。俺達、結局またお笑いコンビを組むことになったから」

「市井と、結羅先輩が？」

瀬音の問いに、結羅が勢いよく回答する。

「うん。だから、大喜利イベントの件は全くの誤解であって……そりゃ、トイレの個室でハルくんに跨《また》ってツッコむとか言ってたけどさ。それにはふかーい理由があったし、大体そのときのハルくんは女の子に興味がない人だと思ってたし、ノーカンかなって！　うんうん！」

だが、次第に頬が紅潮していく。相変わらず口数が多く、動揺しているのがひしひしと伝わる。なんだか可哀想《かわいそう》になってきたので、助け舟を出してやる。

「──まあ、そういうことなんだ。今年のキングオブマンザイにも参加するらしいから」

俺がそう言うと、瀬音が勢いよく立ち上がった。口は真一文字に結ばれたままだが、どこか迫力が漂っている。

「観たい。市井と結羅先輩の漫才、観たい。結羅先輩のボケと市井のツッコミが合わさったら、すごいことになると思う」

いつもより力がこもった声。瀬音がここまで自己主張している姿を初めて見た気がする。

やはり、結羅と漫才をすれば瀬音の笑顔が拝めるに違いない。

さすれば、俺の恋は成就《じょうじゅ》したも同然だろう。

手ごたえを感じていると、復活を遂げた結羅が怪しげな笑みを浮かべる。

「うんうん。おいでよー。一回戦は日程がわかんないけど。公表されるのが直近になってからだしなぁ。まあ私達が勝ち上がれば、動画配信アプリで視聴だってできるよ！」

「それって、どこまで勝ち上がればいいんだ？」

「今年はわかんないや。でも、二回戦にいけば確実かな？」

なるほど。配信権を勝ち得るには一回戦の突破を目指さなければならないのか。

「ちなみに、俺達が二回戦に上がれる確率は？」

「んー、一割くらいじゃない？」

「えっ？」

告げられた言葉は衝撃に変わる。

聞き間違えたのだろうか。俺は笑顔をつくりながら、再度問いかける。

「いや……優勝じゃなくて、二回戦にいく確率だぞ？」

「うん。一般的には三割弱が勝ち上がれるって言われてるけど、それはライブ慣れしたプロの芸人っていうのが前提条件だから。大学のお笑いサークルや落研《おちけん》のコンビならともかく、私達みたいな高校生コンビが突破するのはかなり厳しいかな」

結羅は両腕を交差してバツ印を作った。頂点を目指すにしては、自信が窺えない発言。

いや、目指しているからこそ、客観的に評価できるのかもしれない。結羅の冷静な分析に納得していると、肌に触れる空気が変わった気がした。反射的に結羅へと視線を戻す。

「でも、前にも言ったとおり可能性はゼロじゃない」

薄い唇の隙間から、赤い舌がちろりと覗《のぞ》く。熱気と冷気、結羅は相反する二つの感情を内に秘めているのだ。改めて、畏怖に近い感情を感じてしまう。

「……そうだな。俺も頑張る」

瀬音に漫才が観たいと懇願までされたのだ。今日から真剣に漫才と向き合い、結羅と歩幅を合わせる必要がある。そう決意していると、結羅はからかうような笑顔で俺を見つめてくる。

「じゃあ、みっちりネタ合わせするからね」

「任せとけ」

俺と結羅は拳をぶつけ合う。とにもかくにも、俺達は全力を出すだけだ。

『かつくら』を後にして、瀬音を東西線の市役所前駅まで送り届ける流れになった。河原町から烏丸《からすま》まで続く地下道は空調が効いており、外を歩くよりも快適だ。

「結羅先輩。今日はごちそうさまでした」

瀬音が小さな頭をぺこりと下げる。結羅は「お礼なんていいよぉ」と破顔しながら、瀬音の後頭部をゆっくりと撫《な》で回した。

「ねえ瀬音ちゃん。良かったらさ、これからも仲良くしてほしいんだけど……」

「もちろんです」

「えっ！　いいの？　ヤッター！　瀬音《せおと》ちゃん大好き！」

結羅は瀬音に飛びつき、頬ずりを浴びせる。距離感の取り方が極端すぎる。

「あの、痛いです」

「そのうち快感になるかもよ？」

「ならないです。市井《いちい》、たすけて」

「いいじゃんか。スケベしようやぁ……」

現役女子高生から放たれたとは思えないほど、加齢臭が漂う言葉である。さすがの瀬音も眉をひそめているので、俺は結羅の首根っこを掴《つか》んで引《ひ》っ剝《ぺ》がした。

「ごめんな。結羅は友達が居なかったから、人との付き合い方を知らない怪物なんだよ。俺達でしっかり育ててあげような」

「そっか、可哀想」

「待って待って。なんかヒドいこと言われてる気がする」

結羅の抗議を受け流していると、やがて改札に辿り着いた。瀬音と離れるのは寂しいが、この調子なら夏休み中に何度か呼び出せるかもしれない。

「では、私はこれで」

瀬音はそう言いながら、改札を抜けて去っていく。近い将来、瀬音と親密な仲になった暁には、俺も横に並んで同じ電車に乗り込むのだろう。そんな妄想をしながら見送っていると、肩をつんつんと突《つつ》かれる。

「私さ、役を演じるのに必要だから人を観察する癖があってね。大喜利イベントでも瀬音ちゃんを観察してたんだけど……」

そう前置きして、結羅《ゆうら》が真剣な表情で告げる。

「あのコさ、笑わないというより、笑うのを必死に我慢してるよ」

「……え、なんで？」

「まだわかんないけど、何か理由があるんだろうね」

得体のしれない違和感が、夏の空気と混ざりあった。

第三回単独公演『人生に、ガスマスクを。』

瀬音が笑わない理由はとても気になるが、探偵まがいの行動に走る暇はない。キングオブマンザイの予選は、一ヶ月後に迫っているからだ。

俺と結羅はネタ合わせのため、出町柳《でまちやなぎ》に位置する鴨川《かもがわ》デルタに足を運んでいた。ここは賀茂川《かもがわ》と高野川《たかのがわ》の合流地点にある三角州であり、水遊びをする小学生や、酒盛りに興じる大学生だけでなく、謎の楽器を練習する年齢不詳の留学生も居る。だから、ネタ合わせをしていても悪目立ちしない。

「本当はサイゼに行きたいところだけど、ここなら大声で練習できるからね」

ベンチに腰掛けた結羅のポニーテールが揺れる。暑いから後ろで括《くく》っているのだろう。本日の結羅は私服の上から深緑色のエプロンを装着しており、仕事から逃げ出してきたサブカル書店員のようである。

「じゃ、さっそく私が書いたネタを見せる前に……漫才の型について説明します」

「同じ漫才でも種類が違うのか？」

「うん。例えば、うらショの漫才は典型的なしゃべくり漫才。ガラの悪さと天然ボケっていう二人の人柄がネタにも出ているから、あの二人じゃなきゃ、あそこまで爆発はしない」

結羅はそう前置きして、持参していたノートをベンチの上で広げる。

「だから私達は、人柄にそこまで左右されない漫才コントの型を採用しようかなと」

「漫才コントって、どっちなんだ……？」

「時間で言えばコントのほうが長いかな？　ほら、漫才の中で店員役とお客さん役に分かれるシステムがあるじゃん」

俺は「なるほど」と頷《うなず》く。テレビでもよく見かけるタイプの漫才だ。コスプレで生活をする結羅にとって、力を発揮しやすい型なのだろう。

「もしかして、今日の結羅の服装ってそのために……」

「そ、本屋さんのネタを書いてきたから」

ノートを覗き見ると、たしかに書店員と客のやり取りがコミカルに描かれている。

「これはまだプロトタイプのネタだから、改良の余地しかないけどね。ネタ作りはハルくんと一緒にしたいから」

「でも……俺の感性って邪魔にならないか？」

事実、大喜利の練習をした際、結羅の反応は芳《かんば》しくなかった。

だが結羅は「甘いねぇ、まるで鼻セレブだよ」と反論してくる。

「漫才においては、キミの感性もすっごく大事になる。さて、どう説明しようかな」

結羅は顎に手をあて、考え込む素振りを見せる。アブラゼミの大合唱を背にしても集中力を切らす様子はない。

翡翠《ひすい》色の瞳をぼんやりと眺めていると、弾《はじ》かれるように結羅が立ち上がった。

「例えば、ハルくんがコース料理のお店に行ったとする。そこでカルビばっかり出てきたらどう思う？」

「最高の店だなと」

「うっ、育ち盛りめ……」

欲しい回答ではなかったらしく、結羅はこほんと咳払《せきばら》いをした。

「えっとね。単品としては美味《おい》しいかもだけど、コース料理としては間違ってるよね？」

そう諭されて、結羅の言わんとすることが理解できた。

要するに、ただ面白いものをぶつけるだけでは漫才として成立しないのだろう。

「漫才と大喜利は、求められる笑いの質が違うの。大喜利は基本的に一発で決めるパワーが必要だからね。でも漫才は一つの物語だから、オチに向かって笑いの波が大きくなるのが理想なの。大喜利が点の笑いなら、漫才は線の笑いって感じかな」

たしかにうらるショットガンの漫才は、波状攻撃のような笑いだった。数分間のネタの中に起伏を作り、伏線を回収し、後半に向けて波を段々と大きくする構成なのだろう。

「でだ。線の笑いを作るにはわかりやすさが大事になるんだよね。お客さんが何も考えずに理解できる、ベタな笑いも仕込むのがベターって感じかな?」

ドヤ顔でダジャレを披露されたので、適当に拍手を送ってやる。

「……ま、まあ、とにかく。大喜利の要領で漫才のネタを書くと、繋《つな》ぎ目が曖昧になっちゃうの。凝りすぎたネタはお客さんに与える情報が大きくて、考える時間が長くなる。そうなると余計な間が生まれて笑いが途切れるし……私達みたいなアマチュアが手を出すのは難しいかな」

「なるほどな。そこで俺の一般的な感覚を掛け合わせて、馴染《なじ》ませるってことか」

「当たり！　じゃ、正解者には歯ボーイのストラップを……」

「いらんいらん。一個でも持て余してるのに」

「余すなよう。渇望《かつぼう》しろよう」

結羅の手を払うようにして、丁重にお断りする。こんな気色の悪いものをペアで所持したくはない。しばらく押し問答を続けた後、ようやく諦めた結羅がパンと手を叩いた。

「じゃ、今日はまず漫才に慣れよっか。ハルくんは発声が良いし大丈夫だろうけどー！」

歌うように言葉を残し、結羅は鴨川を横切るように配置された飛び石へと向かう。どこへ行く気だろうか。追いかけようとすると、結羅は手を突き出して制止を促してくる。

「あ、ハルくんはそこにいて。私が向こう岸に着いたら、練習スタートね」

「……まさか、川を挟んで練習する気か？」

「その通り！　か細い声はかき消されるから、発声の練習も同時にできるでしょ？」

結羅が踊るように飛び石を渡る。水遊びに興じる子供と交ざり、光を反射して煌《きら》めく川《かわ》面《も》にも負けない笑顔を振りまく。

「ハルくーん！　じゃ、はじめるよー！」

練習だというのに、えらく楽しそうである。通行人が多いので恥ずかしいが、これも瀬音へと繋がる道。俺は手渡されたノートの文字を目で追って、腹の底から声を絞り出した。

鴨川でのネタ合わせを終えた夜、珍しく綿貫《わたぬき》からメッセージが届いた。話があるらしい。俺は結羅と解散した足で、そのまま自転車で桂《かつら》のマクドナルドに向かった。少し汗臭いかもしれないが、相手は綿貫。仮に肥溜《こえだ》めに落下して全身から悪臭を放った状態でも、なんら気にする必要はないだろう。そんな結論を下していると、いつのまにか到着していた。

店内のカウンターでダブルチーズバーガーのセットを受け取り、綿貫が陣取る席に向かう。小さな両手でハンバーガーを食べるあざとさが鼻につくが、これはこれで人気があるらしいので腑《ふ》に落ちない。

「わざわざ悪いね。ハル」

「……気にすんな。どうせ晩飯を外で食べるつもりだったし」

俺はポテトを口に放り込みながら、椅子に立てかけられたベースに視線を移す。

「……前にも断ったが、音楽はやらんぞ」

先手を打つと、綿貫は「見抜かれてたか」とバツが悪そうな笑みを浮かべる。

「俺、今日から本格的に結羅とネタ合わせしてるから」

「えっ、本当にあの中屋敷《なかやしき》先輩とお笑いをするのかい？」

「瀬音の笑顔を見るためには、俺だけの力じゃどうにもならん。それに、アイツは本気なんだよ」

結羅とのやり取りを回顧する。知らなければただの奇人だが、行動原理を理解するほどに認識も変化していく。時折見せる熱量の高さに、俺は内心惚《ほ》れ込んでいた。恋愛的な意味ではなく人間として尊敬してしまった。夢と現実を冷静に分析できる人間はそうそう居ない。そんな相手なら、全幅の信頼を置いてもいい気がしたのだ。

「結羅の夢は、俺の目標と方向が同じだからな。乗るしかないだろ」

瀬音《せおと》が笑わない理由はわからないが、行動は矛盾している。感情を閉ざしたいなら、楽しげな場所に飛び込む必要がない。けれど、瀬音は明るい場所を追い求めるように行動している。笑いたいのに、笑うのを我慢している。

それならば、何もかもを忘れさせるくらい本気で笑わせてやりたいのだ。

「……へぇ。ハルが真剣になっている姿を初めて見たかも」

「おい。俺は乳首相撲だって本気でやってたぞ」

「あれは場当たりの努力だろう？　先を見据えた行動じゃない」

綿貫スマイルを崩さずに、的確な指摘を飛ばしてくる。

「まあ。ハルがお笑いに本気を出すなら僕は応援するし、勧誘も止《や》めにしようかな」

「すまんな。気持ちは嬉《うれ》しかったから」

「構わないよ。それに、僕がしたかった話はまだあるからね」

綿貫はストローに口を付けてから、含み笑いのような表情を作る。

「どうでもいい話と、悪い話。どっちから聞きたい？」

「なんだその食指が動かない二択」

　どちらの話も俺にメリットがなさそうではないか。俺は呆《あき》れながら「どうでもいい話から頼む」と口にした。

「ハルの相方だった志摩《しま》と、新しいバンドを組むことにした」

「本当にどうでもいいな」

　別に志摩と仲違《なかたが》いした訳ではないが、そもそも二人で瀬音に対して馬鹿をしていただけの関係性である。綿貫とバンドを組もうが寺で出家しようが興味を抱かない。

「実は彼、カルト的人気を誇るインディーズバンドのドラムらしくってさ。一昨日の対バンでばったり会って、意気投合しちゃったんだ」

「そか。まあ、頑張れよ」

「ありがとう。で、次に悪い話なんだけど――」

　一呼吸を置いて、綿貫が小さな唇を動かす。

「志摩と瀬音さんが、来週の月曜日にデートをするらしい」

　その瞬間、口内に残るポテトの塩分がじわりと広がった。

「そう、なのか」

　そこからの記憶は曖昧だ。綿貫は「瀬音さんに恋心が芽生えているかはわからないけどね」と言っていた気がするが、いつの間にか解散していた。

綿貫の口ぶりから察するに、志摩鳴史《なるふみ》は本気で瀬音に恋をしているようだ。考えてみれば、理由もなしに三ヶ月も俺の奇行に付き合うはずがない。乳首相撲から逃げたとはいえ、志摩もまた恋を原動力に邁進《まいしん》していたのである。

いや、問題はそこではない。瀬音がデートに応じるということは、少なからず志摩に悪い印象は抱いていないのだろう。それどころか、そのまま付き合う可能性だってある。

青信号が明滅し、赤に変わる。

雲ひとつない夜空を見上げると、そのまま落下してしまいそうだった。

俺が今できることなんて、限られている。

「……志摩を鞍馬山《くらまやま》に埋めるしかないか」

「ちょっとハルくん、なに物騒なこと言ってんの」

突如、右側から結羅《ゆうら》の声。驚いた俺は自転車ごとひっくり返り、派手に天を仰ぐ。

「あはは、驚きすぎだよー」

結羅はいつぞやのポメラニアンを止めながら、楽しげに笑う。Tシャツにハーフパンツという部屋着のような出《い》で立ちだったので、散歩の帰りにたまたま俺を見かけたのだろう。

「それよりどしたの。誰を埋めようとしてんの」

質問が降ってくる。俺はゆっくりと起き上がり、事情を説明するか否《いな》か逡巡《しゅんじゅん》した。結羅に恋愛の話を投げても、明後日《あさって》の方向にホームランを打たれてしまうのがわかりきっているからだ。

「……なんか失礼なこと考えてない？」

「いや、結羅はホームランバッターの素質があるよなって」

「全然意味わかんないけど、悩みがあるなら聞いてやるぞー？」

結羅の顔が近くなる。はぐらかしても逃げられそうにないので、綿貫に聞いた話を掻《か》い摘《つま》んで説明した。信号が青に変わり、二人でゆっくりと夜道を歩く。自転車のタイヤが回る音と、俺の声だけが響き渡る。

「……ああ。だから私、人違いしちゃったんだ」

切り裂くように、結羅の声。

「どういうことだ？」

「最初に教室に行ったときにさ、ハルくんが宗教勧誘と洗脳騒動をしてるって勘違いしたじゃん。それ、志摩って子の情報と混ざってたのかも。幸福ハッピー教みたいなグループを組んでるらしいから」

刹那、数週間前の記憶が蘇《よみがえ》る。あのときの結羅は、俺と志摩の情報が混合していたのか。

「じゃあ、志摩は宗教活動を……？」

「違う違う。後で調べてみたら全部曲名だった。人気のあるインディーズバンドみたい」

そういえば、幸福ハッピー教のステッカーが雅古都のトイレに貼られていた気がする。

あのライブハウスは綿貫も利用していたらしいので、対バンでばったり出くわすのも当然だろう。

「そっかぁ、綿貫くんとバンドを組むのかあ」

「……問題でもあるのか？」

「いや、私にはないけど。ハルくんは燃える展開じゃないかなって。西院祭《さいいんさい》って名前の学園祭が十月にあるでしょ？　結構規模が大きくて、プロの歌手とか芸人を呼んだりするんだけど、同じステージに学生も上がれちゃうの。同級生で結成したバンドなら出ない手はないよね？」

「そうだな。学園祭とバンドって定番の組み合わせだし」

「……お笑いコンビも、定番だったりするんだよなぁ」

結羅がそう言い切った瞬間、ようやく意図が読めた。

「おい、まさか」

「うん、そのまさか。私達も西院祭に出るつもりだよ。もはや瀬音ちゃんを巡っての異種格闘技戦だね。最ッ高に熱い展開じゃん！　もちろん最優先はキングオブマンザイだけどね」

お笑いと音楽。二つの娯楽が混ざり合うステージで、瀬音の笑顔を引き出すためにしのぎを削らせるつもりなのだろう。だが、その作戦には一つ問題がある。

「でも、月曜日のデートで瀬音と志摩が付き合ってしまったら……」

瀬音の感情が計算に入っていないのだ。もし二人が両思いなら、俺はただの道化である。

言い表し様のない不安に苛《さいな》まれていると、結羅は豪快に笑い飛ばした。

「それはないよ。多分、瀬音ちゃんが今一番気に入ってるのはハルくんだと思う。今回のデートも、断る理由がないからオッケーしたって感じじゃない？」

「……もしかして、励ましてくれてるのか？」

「いいや。客観的な判断。私の勘をなめるでない」

そう言われても、恋愛面ではポンコツ極まりないのが結羅だ。気休めにもなりやしない。

俺は段々と不安に苛まれ、頭を掻きむしってしまう。

「ああ、クソ！　やっぱり志摩を埋めるのが一番早いな」

「ハルくんって、恋愛が絡《から》むと底抜けにポンコツだね」

結羅に言われたくはないが、あながち否定もできない。

俺は拗《す》ねるように、言葉を吐き出すしかできなかった。

「でも、あの瀬音がデートだぞ？　俺だってデートなんてしたことないのに……」

頭を抱えてそう嘆くと、結羅はどこか不満そうに呟《つぶや》いた。

「えー、私と出かけたのはデートじゃないの？」

「いや、あれはコンビの方向性を決める話し合いというか」

「そうだけど、そうなんだけどさー！　なんかこう、もにゃっとする！」

結羅はたっぷりと俺を睨《にら》みつけてから、大きく溜息《ためいき》を吐《つ》いた。

「……ごめん、取り乱した。とにかく、ハルくんは月曜日のデートが気になるんだよね？　どうせネタの改稿も必要だったし、私達も河原町《かわらまち》に出よっか。ネタを作りつつ、どっかで待ち伏せしよ」

結羅は覇気のない声でそう言って、ゆっくりと空を見上げる。俺もつられるように見上げると、いつの間にか月には重たい暈《うん》がかかっていた。

月曜日は朝から雨脚が強く、台風に近い悪天候だった。本来なら前髪はめくれ、縦横無尽に乱れ散らかるはずだが、今日に限っては心配ない。結羅の手によって、後ろにべったりと撫《な》で付けられているからだ。

「うんうん。前髪を上げちゃえば雰囲気って変わるからね」

結羅が何度も頷《うなず》きながら、俺の頭にハードジェルを足していく。結羅は「尾行の可能性もあるからバレないようにしなきゃ」と念押しして、もう一度俺の髪を後ろに押さえつける。そのたびに、顔のパーツが頭皮ごと持ち上がる。なにゆえ俺が、四条大橋の下でこんな辱《はずかし》めを受けねばならんのだ。

「おい、結羅」

こみ上げる憤《いきどお》りを堪《こら》えながら、ゆっくりと問いかける。

「時代錯誤のべっとりヘアーは百歩譲るとして、さっき手渡してきたこの服はなんだ」

「オールバックに合う服装なんて、革ジャンしかないじゃん」

「……今は真夏なんだよ！」

俺は革ジャンを勢いよく脱ぎ散らす。保温効果が絶大な威力を発揮して嘔吐《おうと》寸前だ。

「えー、ちょっと面白かったのに」

不満そうに口を尖《とが》らせた結羅は、バケットハットを深めにかぶる程度の変装である。俺もそれでいいだろ。

「まあいいや。本題はネタ合わせだからね」

結羅は革ジャンをリュックに詰め込み、よいしょと背負いなおす。俺は釈然としない気持ちを抱えたまま結羅に追従する。今頃どこかで、瀬音《せおと》は志摩と待ち合わせをしているのだろう。それなのに、俺はなぜオールバックで結羅と歩いているのか。

「ほらハルくん。奥歯にミノが挟まったような顔してないで行くよ！　今日はサイゼじゃなくてタリーズね。長居できるし、二階席なら商店街を見下ろせるから」

「……ってことは、監視できるのか？」

「できるけど、私がやるから。ハルくんだと窓に張り付いてカメレオンみたいになるでしょ」

「し、失礼な想像をするな！　窓に密着して一人逃さず凝視するだけだ」

「じゃあ妥当な分析だったよ」

結羅は首を横に振りながら、呆れたように歩を進める。真っ赤な傘がくるくると回り、雨粒が飛散した。

寺町《てらまち》商店街に店舗を構えるタリーズの二階席は、勉強に勤《いそ》しむ大学生やカップルとおぼしき男女が語らうお洒落《しゃれ》な空間だった。俺達は窓際《まどぎわ》の適当な席に座る。壁一面の窓からは、たしかに道行く人達を見下ろせた。この雨なら、瀬音達も屋根があるアーケードを中心に移動するだろう。

「この場所、いいでしょー。人間観察するときによく使ってるんだ。役柄を落とし込むときに必要だから」

「ストイックだな」

「えへへ、ありがと。でもこんなの、憧れの人の苦労と比べたら大したことないよ。あぁ、早くサンパチマイクで漫才がしたいなぁ」

両手を握りしめ、うっとりした表情で結羅は語る。

「さ、そのためにもネタを練るよ」

かと思えば、結羅は人差し指を立てて注意をひきつけた。結羅の指を追っていた俺の視線は、ノートの上に着地する。

「——はい、こんな本屋は嫌だ！」

「うーん。いきなりそう言われてもな……」

「ほらほら、なんでもいいから！」

「……店員がピッタリついてくるとか」

「あー、それ嫌かも。序盤に組み込めばテンポが生まれそう。さっすが相方！　他には他には？」

結羅は瞳を輝かせ、ずいと顔を近づけてくる。

「……ほ、本が臭い」

「イマイチ！　おらおらぁ、さっきのキレはどうしたハルヒコォ！」

「じゃあ、店員がストーカーになるとか？」

「着眼点が最初と同じだから駄目！　遊びじゃねえぞハルヒコォ！」

そう言われても、いきなりボケを捻《ひね》り出すのはかなりの難易度だ。俺は両手を挙げて降参をアピールし、アイスミルクティーを飲む。甘みが口内に広がり、心が満たされていく。

「……実際に、本屋に行くのもアリかもな」

「お、いいじゃんそれ！　じゃあ後で大垣《おおがき》書店でも行こっか」

「だな。インスピレーションが大事な気がしてきた」

こうして真面目に考えてみると、結羅《ゆうら》がコスプレする気持ちが少し理解できた。脳内で試行錯誤するのも大事だが、現地の空気も取り入れないと煮詰まってしまう。

「あー、楽しいなぁ。誰かとネタを考えるのって、こんなに幸せなんだなぁ」

「一人のときは、どうやって作ってたんだ？」

「孤独な大喜利みたいなもんだよ。禅問答に近かったね、あれは」

よほど辛《つら》かったのだろう。結羅にしては珍しく、感情を失った顔でこちらを凝視してくる。俺が心中をお察ししていると、結羅は突然「あー！」と声を発した。

「ハルくん見て見て。あそこ、瀬音ちゃんがいるよ！」

その言葉を理解した瞬間、俺は椅子を倒す勢いで立ち上がった。そして窓に額を押し付けて、眼下に広がるアーケード街を凝視する。

「瀬音……どこだ、瀬音たんはどこに居るんだ……」

全神経をフル稼働《かどう》させ、瀬音の残滓《ざんし》を追う。そのまま数秒ほど眼球を動かしていると、視界の中央に愛くるしい瀬音の姿が収まった。隣には、人の形をした忌々《いまいま》しいノイズも確認できる。俺が歯茎を剝《む》き出しにして観察を続けると、二人は向かいにあるセレクトショップの中へと消えていった。

「結羅！　異常事態だ！」

「キミの存在が異常事態だよ」

「瀬音とノイズが、オシャレなセレクトショップに入った！」

「の、ノイズ？　てか、それって異常事態なの？」

「当たり前だ、試着室なんて密室じゃねえか」

「ちょっと気持ち悪い思考だなあ……」

「こうしちゃおれん、俺達も向かうぞ！」

俺が促すと、結羅は「鉢合わせて修羅場になるのは嫌なのに」とぼやいた。たしかに、店内で鉢合わせてしまうのは由々しき事態だ。

「そうだ結羅、顔が隠せるアイテムを持ってないか？」

「うーん、そんなのあったかな」

そう言いつつ、結羅はリュックを開けて中身を乱雑に漁《あさ》る。パニックになったドラえもんみたいに色々な道具を放り投げ、ようやく取り出したのは禍々《まがまが》しいガスマスクだった。

「これしか持ってきてないかも」

どう考えてもセレクトショップにそぐわないアイテムだが、背に腹は代えられない。俺は受け取ったガスマスクを頭部に装着する。

「結羅はどうやって顔を隠すんだ？」

「ガスマスクがもうひとつあるけど……」

「よし、なら問題ないな」

「う、うん……ないのかな？」

結羅は首を傾《かし》げつつも、俺に倣《なら》うようにしてガスマスクを装着した。すでにマスクの中は息苦しく、呼吸さえままならない。時間との戦いだった。

俺達は逃げるようにタリーズから飛び出し、瀬音がいるセレクトショップと相対した。

だが、入口を前にした時点で重大な問題が発生してしまう。

「結羅って、こういうお洒落な店に入ったことはあるのか？」

「ないかな。衣装を見るのは好きだけど、あんまり服に興味ないし」

「俺もだ。瀬音が着てる服の名称しか知らない」

「……ハルくんってギリギリだよね、色々と」

「おい、どういう意味だ」

俺と結羅は小声で口論しつつも、その場で固まってしまう。セレクトショップから放たれるお洒落オーラにあてられ、身動きが取れなくなったからだ。

「……ねえハルくん、本当に入るの？」

「あ、当たり前だ。志摩《しま》の狼藉《ろうぜき》を見過ごしてはいられない」

「でもさ、店員さんがこっち見てるよ？」

結羅はぷるぷると震えながら、トレンドで武装した店員を指差した。店員は明らかに警戒した様子で俺達を凝視しており、いつ刺股《さすまた》に手を伸ばしてもおかしくない体勢である。

このまま突入してしまうと、一線をも超えてしまう気がした。

「……でも、このままじゃ瀬音が！」

「退《ひ》こう。えっちな動画じゃないいんだから、ハルくんが心配してるようなことは絶対にないよ」

結羅が俺の肩に、ぽんと手をのせてくる。その温かさに涙がこぼれそうになった。

いい相方を持ったなと感謝しながら顔を上げると、いつの間にか瀬音が隣に居た。

「変な格好。芸人さんですか？」

げっと声が漏れそうになるのを必死で抑え、俺はとりあえず頷く。いつの間にこちらに来たのだと驚愕《きょうがく》したが、そういえば瀬音には『面白そうな場所に現れる』というパッシブスキルが備わっていた。緊急事態を告げるアラームが、ガスマスクの中でがんがんと反響する。

「やっぱり。何かのロケですか？」

色素が薄い瞳を爛々《らんらん》と輝かせ、純粋無垢《じゅんすいむく》な質問を飛ばしてくる瀬音。答えてやりたかったが、声を出すとバレてしまうだろう。視線で結羅に助け舟を乞うが、この荒波の前では出港できないらしく、ちぎれそうな勢いで首を左右に振っていた。

「誰だよ、このイロモノコンビは」

対応に困っていると、瀬音の背後からやってきた志摩が、怪訝《けげん》な表情で俺達を睨《にら》みつけてきた。このまま飛びかかってやろうかと思ったが、ぐっと堪えて睨み返す。

「知らない。でも面白そう」

「……まぁいいや。瀬音、別の店にでも行こうぜ」

「うん。さよなら芸人さん」

瀬音は俺達に小さく手を振って、志摩と共に寺町通《てらまちどおり》商店街のほうへ向かっていく。ひとまず窮地は脱したようだ。俺と結羅は無言で意思疎通を図ってから、すぐにここから立ち去るべく反対側へと振り返る。

「――それでさ、瀬音。さっきの答えを聞かせてくれないか？」

だが、志摩が発した言葉のせいで、俺はその場で一回転するハメになった。一体、どんなやりとりを経てここに来たのだろうか。怒りと暑さで頭が茹《う》だりそうになるが、なんとか我慢して息を殺す。結羅がジェスチャーで「早く逃げようよ」と訴えてくるが、情報は宝。この機を逃す手はない。ガスマスクで正体を悟られないのも有《あ》り難《がた》かった。俺は小声で結羅に作戦を告げる。

「ロケのフリをして、二人を追うぞ」

「えぇっ⁉　カメラクルーもいないのに⁉」

「頼む結羅！　あの会コホー話が終わるまででコホーいいからッ！」

「興奮しすぎてガスマスクから変な息が漏れてるよ……」

かくして、カメラもスタッフも存在しない常軌を逸したロケが幕を開けた。もちろん声を聞かれてしまうと正体がバレるので、無言を貫くしかない。俺達は身振り手振りを交えてそれっぽく商店街を歩きながら、瀬音《せおと》との距離を詰めていく。

「……私、そういうの初めてだから」

ギリギリ聞き取れる声量。瀬音の声はか細い。全神経を耳に集中させる必要がある。

「大丈夫だってば、瀬音。みんなそう言ってたけど、俺は全員を楽しませてきたんだぜ？」

その言葉を咀嚼《そしゃく》した瞬間、握りしめる手が震える。志摩は今、間違いなく性的な交渉をしている。なんだアイツは。男性器が服を着て歩いているのか。ちんちんのマネキンじゃないか。俺は今すぐに飛びかかってやろうとダッシュの体勢に移るが、結羅が小声で静止してくる。

「ハルくん、落ち着いて」

「コホォォ……」

宥《なだ》められるが、呼吸は荒くなる一方。瀬音が毒牙《どくが》にかかる瞬間を悠長に見届ける余裕なんてあるはずがない。俺は手のひらに爪を食い込ませながら、決定的瞬間を捕えるべく耳を傾け続けた。

「でも、私……」

「俺さ、自慢じゃないけど上手《うま》いんだよ。なにせ手数が多いからな」

志摩はセンターパートの髪を掻《か》き上げて、得意気にほざく。なんだアイツは。昼下がりだというのに、破廉恥極まりないではないか。男性器の里で育てられた一人息子か。全ての思考が股間に直結しているとしか思えない。俺は殺気を込めながら、口から怒りを絞り出す。

「もうホォォォォ……あいつ殺ホォォォォォ……」

「見た目と相まって洒落《しゃれ》になってないよ。それに、まだ内容がわかんないじゃん。もしかしたら誤解かもだし」

どうどうと結羅に宥められ、少しだけ落ち着きを取り戻す。大きく深呼吸をしてから、ゆっくりと意識を瀬音に戻した。

「だからさ……俺のライブに来てくれ。俺は瀬音が好きだ、笑った顔が見たいんだ」

「へ？」

意表を突かれ、思わず声を出してしまう。志摩の表情は窺《うかが》えないが、どうやら俺は盛大に勘違いしていたらしい。手数云々《うんぬん》はドラムを指していたのか。

「ライブは行く。でも、私は笑えないし、志摩とは付き合えない」

「……なんで？」

「気になる人が居る」

そよ風のような瀬音の声。

「私は無愛想でつまらない人間なのに、その人はずっと私を見てくれてる。だから……気になる」

俺の感情は高ぶり、大きな期待を抱いてしまう。幸せになる資格なんてないから

「でも、私は誰とも付き合わないと思う。幸せになる資格なんてないから」

有頂天に達した喜びは、すぐに粉砕される。賑《にぎ》わっていたはずの往来は、世界から切り離されたような静寂に包まれていた。

幸せになる資格とやらは、全人類に与えられたものだ。誰だって腹を抱えて笑えるし、思いっきり泣ける。しかし、瀬音は自分自身がその資格を有していないと言い切った。

「本能では楽しみたいのに、理性で抑え込んじゃってる感じかなー」

隣を歩く結羅《ゆうら》の分析に頷《うなず》かざるを得ない。強固な呪いで全身を雁字搦《がんじがら》めにされ、どうすればいいのかわからないのだろう。笑わないのにお笑いのライブへ向かい、付き合う気もないのにデートに応じる。矛盾した行動は、瀬音の問題と直結しているはずだ。

烏丸通《からすまどおり》は雨が上がり、雲の隙間から日差しが漏れている。それなのに、気分はちっとも晴れやしない。

「瀬音が笑わない理由を確かめないと、何をしても無駄な気がする」

「……それはそうだけど、今は漫才に集中しないと。予選まで一ヶ月を切ってるから」

結羅が少し早口で語る。しかし、瀬音の問題を片付けなければ、どれだけ漫才の練習をしても意味がない気がした。

「とりあえず今日は帰ろっか。明日からまたネタ合わせしたいんだけどさ、ちゃんと来てくれるよね？　ま、待ってるから来てね？　お願いだよ、ハルくん？」

「……おう」

曖昧な言葉が漏れる。ここは安心させてやるべき場面だ。わかっているのに、上手く振る舞えない。結羅と阪急《はんきゅう》電車に乗り込み、桂《かつら》駅で別れる。車内で交わした取り留めのない会話は記憶をすり抜け、罪悪感を運んでくる。

亡霊のような足取りで帰宅し、リビングで遭遇した母親に挨拶をする。二階に上がり、自分の居場所に潜り込む。瀬音の声が蘇《よみがえ》る。身体《からだ》は疲れているのに、睡魔が訪れない。何度も寝返りをうち、葛藤と自己嫌悪《じこけんお》の狭間《はざま》でもがいていると、いつの間にか朝になっていた。このままでは、漫才の練習などできやしない。

スマホに手を伸ばし、結羅にメッセージを飛ばそうとする。

『体調が悪いから行けない』

そう伝えるだけなのに、一時間以上の時間を要した。『大丈夫？』と俺を案じる結羅の返信を目にして、またもや罪悪感が身を苛《さいな》む。せり上がる胃液をぐっと飲みくだす。

気になる人がいる。

本来なら希望的観測を打ち上げる言葉だが、付き合う気はないとはっきり明言していた。

「……瀬音に会って、話がしたい」

塞ぎ込んでしまいたくなるが、問題を棚上げにする訳にはいかない。鈍い頭で辿《たど》り着いたのは、一歩でも前に進むという結論だった。

その日の午後、俺は瀬音と会う約束を取り付けた。待ち合わせ場所の中書島《ちゅうしょじま》駅に向かい、改札を抜けると、大きな地図の横に瀬音の姿が見えた。白のキャップを被《かぶ》っており、黒のシャツとデニムで合わせた服装もどことなくボーイッシュである。私服姿に飛び跳ねたくなるが、浮足立ってもいられない。どうにかして瀬音が笑わない理由を聞き出し、原因を取り除かなければいけないからだ。

「いきなり呼び出してごめん」

「ううん、平気」

抑揚のない声が届く。昨日耳にした会話は話題に挙げられないので、俺は適当に「暇だったから、カフェでも行こうかと思って」と返す。スマホで近くの店を検索しながら駅構内を抜けると、直射日光が容赦なく身体を突き刺した。

「ねえ市井《いちい》。漫才、行き詰まった？」

いきなり痛いところを突かれ、口ごもってしまう。俺はたっぷりと思案してから、否定の意を発した。

「そういう訳じゃないけど……」

「でも、予選が近いしそろそろ練習しなきゃ」

その言葉に咎《とが》めるようなニュアンスこそなかったが、疑念を抱いている節はある。この時期にネタ合わせをせず、瀬音の最寄り駅にやってきた俺の行動が不可解なのだろう。誤魔化す手札を用意していなかったせいで、返答に窮してしまう。蟬《せみ》の声をたっぷりと浴びてから、瀬音が言葉を続けた。

「……結羅先輩と喧嘩《けんか》でもした？」

「いや、喧嘩はしてない。仲良しだ」

そっか、と乾いた声。気まずい空気のまま、閑静な路地に入る。スマホの地図が指し示す場所まであと五十メートル。このまま黙っていれば、ひとまず話題を逸《そ》らせるだろうか。だが、隣を覗《のぞ》き見ると、瀬音のぼんやりとした瞳がしっかりと俺を捉えていた。本心こそ推し量れないが、本題を切り出すまでは逃れられない。そう悟った俺は、単刀直入に質問することにした。

「瀬音が笑わない理由を教えてほしい。今日は、それを聞きに来たんだ」

並んでいた足音が止まる。何事かと思い、ゆっくりと振り返る。立ち尽くす瀬音は少し俯《うつむ》きながら唇を動かしたが、蟬時雨《しぐれ》に遮られ届かない。残響。おもむろに瀬音が顔を上げる。表情は変わらない。瀬音はデニムのポケット付近をぎゅっと摑《つか》み、腕が震えるほど力いっぱい捩《ね》じ上げる。それはまるで、痛みに集中するような仕草で。

「こうしたら、笑うのを我慢できる」

瀬音はすんと洟《はな》をすすりながら、口角をぴくりと動かす。

「他にも方法はあるけど、大体はこのやり方で感情を殺してる」

「な、なんで……だよ」

不明瞭な問いかけと共に、周囲の雑音がぴたりと止《や》む。理解が及ばない。瀬音が遠い。

笑いたいときに笑えばいいし、泣きたいときは泣けばいい。

「お母さんは」

けれど、己の感情すら律してしまう理由があるならば。

「——私が笑うせいで、死んじゃったから」

それはもはや、呪縛と化しているのだろう。

「気付いてるかわからないけど、一つだけ結羅先輩に嘘《うそ》をついてた」

辿り着いたカフェの客はまばらで、瀬音の声が問題なく拾える程度には静かだった。先程の発言が重くのしかかっているが、瀬音の様子は変わらないように見える。ならば俺も、あまり気を遣わないほうが良いだろう。それに、肉親の死に立ち入るほど関係性を築けてはいない。このまま会話を合わせることにした。

「嘘って、どんな？」

「劇場に通いだしたのは最近だって言ったやつ」

「……ああ、祇園風月《ぎおんふうげつ》の帰りか」

「うん。シーベルの漫才だって何回も観てるよ」

俺は記憶を探る。そういえば、結羅がいないところではお笑いライブによく行くと言っていた。

「どうして、結羅にそんな嘘を？」と、俺はコーラフロートをスプーンで弄《いじ》りながら問いかける。

「結羅先輩が似ていたから」

先程よりも暗い声色。瀬音《せおと》は細い手首を何度も擦りながら息を吐く。その動作は、自分を守るためのルーティンなのかもしれない。不意に覗かせた新たな一面に胸を痛めていると、瀬音が「お母さんに」と呟《つぶや》いた。

逡巡《しゅんじゅん》する。つまり、結羅と瀬音の母親が似ているというのか。

「すまん、いまいちピンとこない」

あんな暴風みたいな性格の人間は、そうそう拝めるものではない。だが、瀬音に冗談を放った様子はなく、小さな唇を真一文字に結んでいる。ただならぬ気迫に息を呑《の》んだ瞬間、瀬音から声が漏れる。

「結羅先輩、私のお母さんに影響を受けてると思う。大喜利の回答も、役柄を落とし込む方法も、全部似てる」

耳にかけていたアッシュグレーの髪が、はらりと落ちて瀬音の顔を覆った。

「結羅先輩のノリは苦手だけど、あの人が本気で魅せる漫才は観《み》たい」

瀬音の両腕が震える。テーブルの下で何をしているのか、考えなくてもわかってしまう。彼女はこれまでも幾度となく感情を殺し、生き続けてきたのだ。

「お母さんを殺した私に楽しむ権利はない。でも、お母さんが何を遺《のこ》したのかは知りたい」

滔々《とうとう》と語られる決意と、潤んだ瞳。

返す言葉が見当たらないまま、コーラフロートの氷の音が鳴った。

瀬音と別れ、自宅までの道のりを自転車で移動していると、思考が段々と沈み始める。前進するために会ったのに、落石で通行止めを食らったように見通しが立たない。粘つく夜風が身体を追い越していく。

事実を告げられてすぐ、カフェのトイレに駆け込んで『芸人　死亡』とスマホで検索してみた。ページを何度かスクロールすると、すぐに女性芸人の写真が飛び込んできた。その芸人の名は今井《いまい》まいこ。享年は四十二。芸能界に疎《うと》い俺でも知っている人気芸人だ。瀬音と顔立ちこそ似ていないが、半生を綴《つづ》った記事には驚くべき姿が掲載されていた。

「……着ぐるみだ」

瀬音の言う通り、結羅の私生活と酷似している。今井まいこは孤高のピン芸人と評されており、異常ともいえる熱量でリアリティを魅せる芸風だったらしい。彼女が演じる居そうで居ない絶妙なラインを攻めた奇人の数々は、劇場を中心に大人気だったそうだ。

だが、悲劇は突然訪れた。三年前の十二月末に、今井まいこは急逝した。死因は過労による心不全。当時は報道番組を騒がせていた。なんでも、その年は劇場や年末特番で忙殺気味のスケジュールだったらしい。

今井まいこが瀬音の母親だとしたら、瀬音が劇場に通う理由も、罪悪感に苛まれている理由も推察できる。幼い頃から母親の芸を観て育ち、大舞台での活躍を望んだのだろう。今井まいこもまた、瀬音の期待に応えるべく張り切りすぎたのかもしれない。

もちろん、瀬音のせいではない。だが、そう伝えたところで慰めにはならないはずだ。

「——ハルくん！」

思考の海から引き上げられる。聞き馴染《なじ》みのある声だった。振り返らずとも相手はわかる。俺は自転車を止めて、小さく息を整える。思い返せば、大体この時間に遭遇している。この時間に飼い犬の散歩をするのは、結羅《ゆうら》の日課なのかもしれない。

「もう体調はへーキ？」

ぱたぱたと俺に追いついて、横から覗き込んでくる。

「……うん。突然休んでごめん。もう大丈夫だ」

「気にするでない。身体壊しちゃったら元も子もないからね！」

結羅は相好を崩しながら、「半分こしようぜ」と手に提げていたビニール袋からパピコを取り出した。散歩中なので汚物入れかと思ったが、そうではないらしい。

「それにしてもよく会うねぇ。もしかして、この時間を狙ってたりする？」

「馬鹿言うな。どちらかといえば、今日は会いたくなかった」

ドタキャンしてしまった手前、気まずさを覚えてしまう。しかも現行犯だ。いくつかの言い訳を探したが、結羅は追及せずに軽口を飛ばしてくる。

「ひど。私は常にハルくんとネタ合わせしたいくらいなのに」

「そんなの懲役じゃねえか」

俺は悪態をつきながらも、結羅からパピコを受け取り礼を述べる。封を切って押し出すと、中身がにゅるりと姿を現す。俺と結羅は同じタイミングでパピコを口に含む。なめらかな甘みが、舌の上で程よく溶けていく。

「んー、美味《おい》しい！　夏はパピコだよね。たまらん！」

「……結羅って、食べることが好きなんだな」

「え、そんなに食いしんぼうに映ってる？」

「食べて笑って、欲望のままに生きてるなと」

「なんか今日ひどくない？　倦怠期《けんたいき》？」

不満を口にしながらも不快そうな様子はなく、結羅は俺の目をじっと覗いてくる。

「まあ、ハルくんが元気そうで良かったよ」

そう言われた瞬間、ついさっきまで気分が沈んでいたのを思い出す。

「……いや、元気になったというか」

「え、もしかして私と会えたから？」

「違う」

俺は咄嗟《とっさ》に否定しつつも、内心でそう認めていた。結羅と馬鹿なやり取りを交わした瞬間、幾分か気持ちが軽くなったのだ。

「そんなに照れなくてもいいのに。ほらほら、ハグでもしてやろうかー？」

結羅がからかうように両手を広げる。ビニール袋が揺れ、静まり返った住宅街にがさりと音が響く。優位に立たれるのが癪《しゃく》だったので、俺は意趣返しをするべく真面目な表情を作った。

「……飛び込んでいいんだな」

「ふぇっ？」

空気の変化を察したのか、結羅の表情はみるみるうちに紅潮する。

「えっと、その、嫌とかじゃないけどまだ早いと言いますか、そもそもハルくんは瀬音ちゃんが好きなんだからこういう言動はどうかと思うのですが！」

手をせわしなく動かし、感情を吐露する結羅。その反応に思わず吹き出すと、結羅はすぐに冷静さを取り戻した。

「ハルくん……さては貴様、図ったな？　あーもう！　返せ！　パピコ返せこのクソ相方！」

残念ながら貰《もら》ったものは返せない。俺は結羅に悪かったと詫《わ》びを入れ、微笑《ほほえ》んでみせた。

「……まぁ、ハルくんが元気になってくれたならなんでもいいや」

結羅が照れ隠しのように毛先を弄る。俺がもう一度お礼を口にすると、「いいってことよ」と快活な言葉が返ってきた。この空気なら、瀬音から聞いた話の答え合わせも可能だろう。

「なあ、結羅」

「んー、どしたの？」

結羅がたびたび口にする、憧れの人とは誰なんだ。

その質問が喉まで出そうになるが、寸前で思いとどまった。考えてみれば、瀬音は結羅に嘘までついて事実を隠していたのだ。点と点を結ぶような詮索は望んではいないだろう。

結羅に伝えるのは時期尚早だと思った。

「……漫才、頑張ろうな」

不自然な間にならないように、改めて決意を口にした。瀬音は俺達の漫才を望んでいる。

色々と吹っ切れた俺は、大きく背筋を伸ばして短く吠《ほ》える。馬鹿らしい。俺にできることなんて、最初から一つしかなかったじゃないか。瀬音の身体《からだ》を縛る呪いがどれだけ強固でも、何をすべきかは決まりきっている。

「うん！　明日からまたよろしくっ、相方クン」

結羅はパピコを咥《くわ》えたまま、にっと口角を吊《つ》り上げて笑った。

第四回単独公演『できたてのアンバランス』

キングオブマンザイの予選が刻一刻と迫る八月の鴨川《かもがわ》沿い。書店を舞台にした漫才のネタを完成させた俺達は、本番の立ち位置を意識した練習を繰り返していた。当初は通行人の視線に恥ずかしさを覚えていたが、段々と慣れてきた。とはいえ、技術に関してはまだ至らない部分が目立ってしまう。

「ストップ。間をもう少し確保したほうがいいかも」

「息を一瞬入れる感じか？」

「そうだね。ちょっと困惑しているニュアンスが欲しいから」

結羅はとにかく間を意識している。タイミングが少し異なるだけで、笑いの量は激変してしまうらしい。俺はその辺りの感覚が養われていないので、ただ従って改善するしかできない。何度合わせても上手《うま》くいかず、結羅との差を痛感させられる。

「よし。そろそろ休憩しよっか」

気がつけば、賀茂大橋《かもおおはし》の街灯が川面《かわも》に反射するほど日が落ちていた。夏の鴨川デルタは夜も賑《にぎ》わっているので、時間の感覚が鈍くなってしまう。ベンチに腰掛けてスマホを開いた瞬間、タイミングを見計らうように綿貫《わたぬき》からメッセージが届いた。

『明日の昼過ぎに僕達のライブがあるんだけど、良かったら見に来ない？』

綿貫と志摩《しま》が組んだバンドだろう。どうしようかと逡巡《しゅんじゅん》する。結羅とのネタ合わせは基本的に毎日行っているが、時間帯は夕方から夜に限られる。日中の暑さに耐えきれなかったからだ。最初の数日は真昼間から敢行していたのだが、端的に言えば熱中症で死にかけた。一時間もすれば結羅がぼやけて見え、最終的には三人に増えた。あのまま続けていれば、京都の街は結羅で埋め尽くされていただろう。

そのような経緯もあり、昼間は基本的に予定が空いている。念のため結羅に確認すると、

「その時間帯なら全然オッケーだよ」と微笑んでくれた。

『わかった、行く』と返事を送る。すぐに既読がつく。

『ありがとう。二枚取り置きしとくから、中屋敷《なかやしき》先輩とおいでよ』

画面から目を離す。結羅は音楽に興味があるのだろうか。

「なあ結羅。もし良かったら一緒に行くか？」

「へっ、私も行っていいの？」

「うん。綿貫が取り置きしてくれるみたいだから」

俺がそう言うと、結羅は目を大きく潤ませた。

「な、なんか青春って感じする……！」

「お、おい。これくらいで泣くなよ」

「だって私、今までぼっちだったから……。誰かと遊ぶなんて、ペガサスとかネクロノミコンと同じ都市伝説のカテゴリだったもん」

ぐずぐずと涙を流す結羅。一体、どのような人生を送ってきたのだろう。いや、この話題はよそう。俺は逃げるように視線をスマホに戻した。新しいメッセージが届いている。

『ちなみに、瀬音さんは志摩が呼んでるよ』

「――なんだとあの野郎！」

「い、いきなり叫ばないでよビックリした……」

俺は頬の内側をごりごりと噛《か》みながら、憤《いきどお》りを無理やり抑え込む。この前の尾行で志摩に脈がないのは判明したが、人の心は移り変わるもの。いつ純真な瀬音の牙城《がじょう》を崩されるかわからない。

「敵情視察だな」

「え、そういうノリで行くやつなの？」

「当然だ。俺達のライバルたるもの、そこその実力は示してもらわなければ。もし生半可な演奏だったら、豚の内臓を投げ込むかもしれん」

「海外のメタルバンドみたいな尖《とが》り方しないでよ」

決戦の場は西院祭《さいいんさい》だが、現時点の力量を測っておきたい。伯仲しているのなら気合が入るし、圧倒的に優位であれば勝利宣言を告げてプレッシャーをかけてやる。

「……まあ、やる気になってくれるならなんでもいいけどさ。そろそろ再開しよっか」

結羅《ゆうら》はタオルで汗を拭ってから、慣れた手付きでエプロンを取り付けた。最近は大垣《おおがき》書店に通い詰め、実際に働く書店員の挙動さえもコピーしているらしい。日常を捧《ささ》げ、徹底的に役を落とし込む姿は、記事で読んだ今井《いまい》まいこの姿と完璧に重なった。

その翌日。待ち合わせの場所である阪急京都河原町《はんきゅうきょうとかわらまち》駅の九番出口に向かうと、すでに瀬音の姿があった。俺が声をかけるよりも早く結羅が駆け出し、壁にもたれる瀬音に向けて飛びかかる。

「瀬音ぢゃーん！　会いたかったよ！」

「うげっ」

二人とも小柄なのだが、ひときわ線が細い瀬音に対抗策などなかった。結羅はここぞとばかりに頬ずりを浴びせ、瀬音のメンタルを的確に削っていく。

「市井《いちい》、たすけて」

「ええじゃないですか、スケベナイトしようやぁ……」

俺は合掌しつつ、瀬音の服装を観察する。パステルブルーのロングスカートはよく似合っているが、秘密を知った後だと印象が変わってしまう。思い返せば、瀬音はいつも太ももが隠れる服装を選んでいた。

「ハルくん。なに瀬音ちゃんの足ばっかり見てんの」

「は？　いや、そんなつもりじゃ……」

あらぬ疑いを向けられる。結羅は瀬音に頬をくっつけたまま、湿度の高い視線を寄越してきた。

「私のことは全然見ないくせに！　ばーか！」

結羅が反抗的に舌を出す。その反応に呼応するように、瀬音の視線が俺を捉える。

「もしかして、市井も変態なの？」

「いや、違っ……」

少しだけ怯《おび》えるような瀬音の表情に、よろしくない劣情が込み上げてしまう。

「そうだよ瀬音ちゃん。ハルくんから守ったげるからもっと寄っておいで」

「これ以上ないくらい近いんですけど」

「ひとつになろうよお」

地下構内に不毛なやり取りが反響する。俺は乱れた心を落ち着けてから結羅の首根っこを摑《つか》み、無理やり引き剝がした。

「結羅。それくらいにしとけ」

合流して数分とは思えないほど疲弊している瀬音に、俺は軽く謝罪する。

「……結羅先輩に首輪つけときなよ」

「そうだな。ボタンひとつで電流が流れるやつを用意しておく」

「うん、死なない程度のやつね」

瀬音は相変わらず無表情だが、こころなしか、普段よりも感情が引《ひ》き摺《ず》り出されている気がした。

ライブ会場は、大喜利イベントで訪れた雅古都《みやこと》である。以前は緊張してしまったが、二回目となれば慣れたものだ。

「チケットは俺に任せてくれ」

二人にそう伝え、先陣を切って階段を下ったのだが、受付に座っている男性が想像の五倍ほど強面《こわもて》だった。イベントの毛色が変わったからだろうか。思わぬ圧に呼吸が止まりそうになる。ギリギリ法律に触れない葉っぱを愛用してそうではないか。

「……お客さん？」

「あ、はひっ。え、エンドロールグラフィティの取り置きで来ました市井です」

俺がたどたどしく要件を伝えると、男は「ドリンク代、一人六百円」と声を発した。俺は財布をまさぐる。ここは皆の分も立て替えて然《しか》るべき場面だろう。

「これ、三人分です」

千八百円を手渡す。正当なやり取りなのに、カツアゲされている気分である。ふと周囲を見回せば、列に並ぶ客層もどこか攻撃的だ。俺は内心怯えながら結羅に質問する。

「このライブハウスって、いつもはこんな感じなのか？」

「さぁ。でも、志摩クンがやってるバンドってかなり激しかったよ。ライブ映像を観《み》たけど、刑務所の暴動みたいだった」

そう言われて、すとんと腑《ふ》に落ちる。どうやら命に代えてでも瀬音を守らなければならないようだ。決意を固めながら門扉《もんぴ》をくぐると、すでに会場内には多くの客が入っていた。座席がないのに、前回よりも明らかに人口密度が高い。体格の良い男性と派手な髪色の女性が目立つ。平凡な見た目の俺はどう好意的に捉えても場違いだが、隣に居る結羅はどことなく馴染《なじ》んでいる。

「なんか、すでに蒸し暑いな」

「うん。酸素うすうすだよね……」

そんな会話を交わしながら、はたと気づく。瀬音の姿がない。

「あれ、瀬音は？」

「うそ。今の一瞬で見失ちゃった？」

辺りを見渡す。肉の壁の隙間から、アッシュグレーの髪がちらりと見える。なにやら「市井、たすけて」と細い声で助けを求められた気もするが、俺達もすでに動けない。後方から押し寄せる客が、波のように襲い来るからだ。このままでは暴動の中心地に放り込まれてしまう。焦《あせ》った俺は、身体《からだ》をねじ込ませてもがいてみる。だが、屈強な男達はびくともしない。本格的な死を悟った瞬間、無情にも照明が落とされる。

有名な洋楽の一節が流れる。常連とおぼしき客は、衝動を発散しながら手を鳴らす。

俺が呆然《ぼうぜん》としていると、続々とメンバーが集結する。どうやらギターは二人居るらしい。ほどなくしてドラムの志摩とベースの綿貫が登場し、ボーカルらしき女性が最後に現れる。

「一曲目、踊れますか？」

ボーカルが不敵に煽《あお》った瞬間、歓声が巻き起こる。追いかけるようにしてドラムが鳴る。

それは体内を破壊するような重さで、臓器を揺らしながら響き渡る。

間違いなく本物だ。音楽に疎《うと》い俺でさえ本能的に察してしまう。綿貫のベースにギターの音が絡《から》んだ頃には、恐怖心などとうになかった。編み上がったメロディにボーカルの声が乗る。身体が自然と揺れる。音色が奔流し、鋭いシャウトが突き抜ける。

「——踊れッッ!」

その瞬間、曲調が変化する。屈強な男達が即座にスペースを作り、音楽に合わせて軽やかなステップを踏む。その動きは伝播《でんぱ》するように広がりを見せ、あちこちから熱気が立ち上った。攻撃的なサウンドに乗せられたポップさに、身体が反応してしまう。前方の空いたスペースになだれ込むと、身体を揺らす瀬音と隣り合う位置になった。

「無事だったか」

小さな耳に顔を寄せ、小声で会話をする。

「うん。ライブ、思ったより楽しいかも」

笑顔こそないが、溢《あふ》れ出るオーラから伝わってくる。

非常に悔しいが、俺だって楽しい。綿貫と志摩は真剣に音楽と向き合い、この域に達するまで何度も練習を重ねたのだろう。そう気付いた瞬間、胸の奥に一滴の墨が落ちたような気がした。

この感覚はなんだろう。

自分自身に問いかけていると、シャツの裾をくいくいと引っ張られた。

「市井は、もっと凄《すご》いの見せてくれるよね」

近距離で交錯した視線に呼吸を止められる。そこに挑発のニュアンスはなく、ただ純粋に、疑問のみが乗せられた言葉だ。それゆえに、重く大きくのしかかってくる。瀬音の唇が再び動いた瞬間、爆音が鳴り響く。聞き取れない。俺が困惑の表情を作ってみせると、瀬音はさらに顔を近づけてきた。

「――信じてるよ」

色素が薄い瞳は、俺の目だけをしっかりと捉えていた。


終演後も熱気は冷めやらず、鼓膜に残った耳鳴りが余韻を連れてくる。観客は三々五々に帰っていくが、俺達はフロアの隅でぼんやりと照明を眺めていた。終演後の軽い打ち上げに誘われているからだ。

「高校生バンドなのに、こんなに集客できるなんてねぇ」

結羅が頬を上気させながら、感心したように言葉を漏らす。綿貫《わたぬき》は以前、インディーズバンドは十人集客できれば上等だと言っていた。その言葉から察するに、ほとんどは志摩《しま》のバンドの客なのだろう。

「……志摩が居たバンドが、こんなに人気なんて知らなかった」

「今更だけど、元相方に対する興味が薄すぎない？」

「今は邪魔者でしかないからな。マリオカートのドッスンと同じだ」

「辛辣」

俺と結羅が会話を交わしていると、綿貫達がフロアにやってきた。

「みんな、今日は来てくれてありがとう」

タオルで汗を拭いながら、綿貫が微笑《ほほえ》んでくる。

俺はお疲れと労《ねぎら》いの言葉をかけてから、率直な感想を口にした。

「……意外と格好良いことしてるじゃん」

「あはは、ハルから賛辞を送られるなんて想像もしてなかったよ」

地味に失礼なことを言われた気がするが、まあいいだろう。俺が小さな不快感を咀嚼《そしゃく》していると、視界の端で人型のノイズが蠢《うごめ》き、瀬音《せおと》の前に立った。

「瀬音、どうだった？　楽しかったか？」

「うん」

「そうか、良かった。実はさ、このバンドで十月の西院祭《さいいんさい》に出るんだけどさ」

「――ああ、それなら俺達も出るぞ」

居ても立ってもいられなくなり、会話に割って入る。志摩は排水溝の髪の毛を見るような目で俺を捉えた。

「顔面の無駄遣いと漫才をしてるって噂《うわさ》はガチだったのか」

「ああ。俺はあのクソぶっ飛んだ奇人と一緒に、毎日ネタ合わせだってしてる」

「……変態同士で波長が合ってんのかもな」

「馬鹿言うな、結羅《ゆら》は変態ではない。色々と足りないだけだ」

「ねえ待って二人とも。そういうのって本人が居ないところでしない？　私ここに居るよ？」

結羅が泣きそうな顔をしたので、俺は「全部褒め言葉だ」とフォローを入れる。すぐに「んなわけあるか」と、結羅のツッコミが俺の脇腹に突き刺さる。そんなやり取りを志摩は冷ややかに一瞥《いちべつ》し、黒髪を掻《か》き乱しながら小声で囁《ささや》いた。

「……市井。ちょっとこっちに来い」

「あぁん、キスなら待ってくれ。まだリップを塗ってない」

「はっ倒すぞ気色悪い」

志摩が心底嫌そうな顔をする。そういえば、二人で瀬音に特攻していた時期も、俺の冗談は不発に終わっていた。根本的に性格が合わなかったのだろう。俺は仕方なく志摩の後を追い、ライブハウスの外に出る。会場に渦巻いていた音楽の残滓《ざんし》が、外気に溶けて現実に変わる。時刻は十七時を過ぎた頃だが、空はまだまだ青く高い。

「で、なんの用だよ。瀬音に聞かれたくない話か？」

俺が単刀直入に会話を切り出すと、志摩はくるりと振り向く。

「俺と瀬音がデートした日、変な格好して商店街に居ただろ？」

「ああ、そのことか。居たぞ」

「少しは誤魔化せよ……」

志摩は首を横に振りながら、残念ないきものを見るような目を俺に向けてくる。俺はひとしきり威嚇してから、率直な疑問をぶつけた。

「なんでわかったんだ？」

「あんな格好で出歩く人間なんて、あの先輩とお前くらいだろ。まあ、それはいい」

居合わせた件を咎《とが》められるのかと身構えたが、本題は違うらしい。志摩は大きく息を吐いてから、俺と視線を合わせた。

「瀬音が笑わない理由って、なんだと思う？」

その問いかけは、神に縋《すが》るような口調だった。今日のライブは、素人目《しろうとめ》に見ても大成功だろう。だが、志摩の目的が瀬音だとすれば失敗だ。瀬音は楽しんでこそいたが、感情を発散させるには至っていない。

「……わからない」

俺は当たり障《さわ》りのない返答で濁す。瀬音の境遇は、気軽に明かせるほど軽くはない。志摩はもとより期待していなかったのか「そうか」とだけ返してきた。言葉が見つからない。気まずい。歯ボーイを押し付けてやろうか。

そう画策していると、不意に志摩が口を開いた。

「最初はさ、軽いノリだったんだよ。お前と組んで馬鹿をやれば目立てる。それだけの理由で瀬音に特攻していた」

俺は曖昧に頷《うなず》く。志摩の言う通り、俺達の関係は軽いノリから始まった。昼休みを利用して、笑わない女子に一発芸やリアクション芸を披露し続ける。ただそれだけの奇妙な仲だった。

「でも、いつの間にか俺は、瀬音に対して特別な感情を抱いた。理由なんてわからないけど、気付いたら好きだった」

「じゃあ、なんで乳首相撲から逃げたんだよ」

「はん、お前は何もわかってねえんだな」

志摩は前髪を掻き上げる。嘲笑に近いニュアンスだったが、なぜか馬鹿にされていると は思わなかった。

「瀬音は元々、俺なんて見てなかったんだよ。瀬音が興味を示していたのは、ずっとお前だ」

先程よりも力のない語気。志摩は俺ではなく、自分自身を嘲笑したのかもしれない。

「……あのままお前と馬鹿を続けていたって、差が広がるだけじゃねえか。だから辞めたんだよ。自分の得意なフィールドで瀬音の気を惹《ひ》くことにした。それだけだ」

話は終わりだと言わんばかりに、志摩はライブハウスへと踵《きびす》を返す。

「あ、そうだ。一つ忠告しておく。俺は瀬音のことが本気で好きだけど、音楽に関してはもっと本気だ。生半可な気持ちでは臨んでねえ」

「俺だって、本気だ」

反射的に返すが、自分の中で濁った感情が波紋を広げる。

「……なら、いいけどよ」

そう言い残し、志摩は鉄の門扉《もんぴ》を潜《くぐ》っていく。

夏の湿気が身体にまとわりつき、いつまでも離れてくれなかった。

胸中を覆う薄い靄《もや》は振り払えなかったが、勝負の日は待ってくれやしない。俺は目覚まし時計よりも早く飛び起き、そそくさと身支度を整える。制服のシャツに袖を通し、汚れがついていないか鏡の前で確認していると、不意に妹の桜優《さゆ》が部屋に入ってきた。

「うわ、起きてたんだ。まあいいや。充電器壊れたから貸してほしいんだけど……ってなんで制服着てるの？　補習？」

「違う。お兄ちゃんは今から漫才をしに行くんだ」

「はぁ……何言ってんの？」

桜優は口角を下げながら、切れ長の二重で俺を見つめてくる。大方、冗談だと思っているのだろう。俺が「もしかしたら、アプリで配信されるかもな」と言いながら充電器を渡してやると、短く溜息《ためいき》を吐《つ》かれた。

「これ以上、私に恥をかかせないでね？」

「今日はそういうのじゃないって」

「信用できるワケないじゃん。最近のお兄ちゃん、ほんっとにクソだからね。私も来年から西院《さいいん》高校に通うってわかってるの？」

「ああ、それはわかってるけど」

「だったら変なことしないで。妹の私までおかしな奴《やつ》だと思われちゃうから」

「おい、桜優。今回は違うんだって」

「……昔はそんなんじゃなかったのに」

棘《とげ》のある言葉を置き土産にして、桜優が部屋から去っていく。受験勉強で気が立っているせいか、ここ半年は轢《ひ》き逃げかと疑うほどに当たりが強い。

「……人生、変えてくれ。か」

俺は無意識に、数年前のキングオブマンザイで話題になったキャッチコピーを口にしていた。今日結果を残せれば、何もかもが好転するだろう。コンビを結成したばかりの高校生が一回戦を突破するのは、少なからず話題になるはずだ。頬を叩《たた》き、気合を入れ直す。鏡には、これまでの努力と、自分だけの武器。それらを駆使して立ち向かえば、きっと道は拓《ひら》かれる。瀬音の笑顔も拝めるし、志摩との争いにも勝利できるに違いないのだ。俺はいつもより大股で家を飛び出し、結羅との待ち合わせ場所へ向かう。蟬《せみ》の声ひとつない夏空には、鈍色の雲が覆いかぶさろうとしていた。

阪急京都線《はんきゅうきょうと》から地下鉄の御堂筋線《みどうすじ》に乗り継ぎ、会場の最寄り駅である心斎橋《しんさいばし》に到着する。決戦の舞台は、心斎橋の商業ビルの中にあるイベントスペースらしい。俺と結羅はコンビニで水を買ってから、意気揚々と予選会場へ向かった。商業ビル内にある瀟洒《しょうしゃ》なエレベーターに乗った瞬間、重苦しい緊張感が這《は》い上がってきた。

「いよいよだねぇ」

結羅が舌なめずりをしながら呟《つぶや》く。大きな瞳は爛々《らんらん》と輝いており、目の下には隈《くま》一つ見当たらない。場馴《ばな》れしているのか、プレッシャーを感じていないのだろう。俺とは大違いだ。さきほどまでは平常心を保てていたのに。表示灯の数字が大きくなるにつれて呼吸が荒くなる。

目的の階に到着し、扉が開く。

視界が開け、木目調の空間が広がる。足を踏み出した瞬間、反転するような目眩《めまい》が襲い来る。結羅が受付で手続きを進めている間も、動悸《どうき》は治まってくれやしない。フロア全体に充満する殺気に近いオーラが、全身を突き刺してくるのだ。

「お待たせハルくん……って大丈夫？」

「あ、ああ。問題ない」

「それならいいけど……。あ、これ。私達は１４３８番だよ」

結羅が手渡してくれたのは、長方形のシールだった。青色で縁取られたエントリーナンバーが中央で大きく鎮座している。

「なんかこういうの、ワクワクするね」

「……いや、緊張で十二指腸ごと吐きそうなんだけど」

「そんな馬鹿げた冗談を言えるならまだ大丈夫だね！　ほら、控室行くよ」

冗談ではなく本気なのだが、結羅はスキップで行ってしまう。とはいえ、結羅と軽口を叩いたら少し落ち着いてきた。大きく息を吐いてから後を追うと、周囲の注目が結羅に向けられていることに気がついた。

明らかに目立っている。最初は制服姿が珍しいのかと思ったが、どうも様子がおかしい。壁に向かってネタ合わせをしていたはずの二人組が、結羅の背を目で追っている。妙な居心地の悪さを覚えた俺は、歩幅を大きくして結羅の横に並ぶ。

「ん、どしたのハルくん」

「いや、別に……」

「もしかして、迷子になると思われてる？」

結羅が不満げに口を尖《とが》らせる。

その心配はなかったが、この違和感の理由はわからない。なので、適当に乗っておく。

「……瀬音《せおと》の言う通り、首輪つければ良かったかもな」

「いらないってばー。絵面が強すぎて方向性ブレちゃうじゃんか。漫才における衣装は、ネタの方向性を植え付ける上で大事なんだよ？　今日の衣装だって、高校生って理由で制服にした訳じゃないんだから」

「わかってるよ。ストレートな漫才で勝負するぞって意思表明だろ」

「うんうん、わかってるなら良し。首輪なんてつけてたら、奇抜な漫才を期待されちゃうからね」

一概には言えないが、癖がある漫才師は衣装も普通でないケースが多い。奇をてらって成功を摑《つか》めるのは、基礎を熟知したうえで踏み外し方を心得た一握りの人間だけだ。結羅《ゆうら》はともかく、俺が型破りな芸に手を出すのは早すぎる。そんな考えも踏まえた結果、本日の衣装が制服となったわけである。

合同の控室に到着し、邪魔にならない場所に荷物を下ろす。控室の中にいた芸人達は、壁に向かって何度もネタを合わせている。熱を帯びた無数の言葉が飛び交う光景は、人生の交差点みたいだ。

「ほらほらハルくん、私達も早くネタ合わせしようよ！」

「待て待て。水だけ飲ませてくれ……」

俺がペットボトルを口につけた瞬間、壁際《かべぎわ》の椅子に座って談笑している女性が目にとまる。長い黒髪と細い体軀《たいく》。一度絡《から》んだら離れない、毒蛇のような目つき。

「なあ結羅。あれって、うらるショットガンの上別府《かみべっぷ》……さんだよな」

「嘘《うそ》……ホントだ。え、待って。なんで居るの？　うらショは一回もキングオブマンザイに出たことないのに！」

「そ、そんな芸人がいるのか？」

「うん。ハルくんも知っての通り、うらショはブレイクが早かったから……でも、なんで今になって」

　俺と結羅が下を向き唸《うな》っていると、長細い人影がぬっと近寄ってきた。

「……ウチらも芸歴が十年越えたからな。そろそろ、漫才師として箔《はく》をつけたなってん」

　ぱっと見上げると、口角を吊《つ》り上げた上別府さんの姿があった。

　俺と結羅は同じタイミングで背筋を伸ばし、勢いよく頭を下げた。

「ジブンらは学生？」

「は、はい！　私とハルくんは高校生で……」

「そっかそっか、ええなぁ。アオハルって感じやな。楽しい思い出にしぃや」

　上別府さんが目を細めて笑う。祇園風月《ぎおんふうげつ》の舞台で見せた闘気は感じられず、気の良い近所のお姉さんのようなオーラが漂っている。俺が「ありがとうございます」と再び頭を下げると、上別府さんは満足そうに元の位置へと戻っていった。

「思ったより、良い人なんだな」

四方八方に噛《か》みつきそうな見た目なのに、アマチュアの俺達にもフランクに接してくれるなんて。俺は有名人と会話を交わした喜びを噛みしめる。

だが、結羅はちっとも喜んでいなかった。

いや、それどころか。

「……ハルくん、ネタ合わせるよ」

結羅の口元から硬質の音が鳴る。

翡翠《ひすい》色の瞳が、殺意に近い激情で揺れているではないか。

「おい、何をそんなに怒ってるんだよ」

状況が飲み込めず、俺の声は上擦《うわず》ってしまう。

「ちょっとニブすぎない？　あれが力の抜けたエールだと思ったの？」

切っ先のような言葉が、俺の心臓に突きつけられた。怒りを顕《あらわ》にする結羅は珍しい。いや、今まで見たことがない。だからこそ、俺は二の句が継げなくなってしまった。

「……アオハル？　楽しい思い出？　ふざけんな。そんなつもりで来てないよ！」

結羅はそう吐き捨てながら、荒々しく鞄《かばん》からエプロンを取り出して装着した。

「前にも言ったけど、敗退も糧《かて》にするつもりで臨むよ。今年が駄目でも、来年以降に繋《つな》げる。一つずつ登っていく。思い出作りの記念参加じゃないから、そこは履き違えないでね」

「あ、ああ……。大丈夫、わかってる」

「じゃあ早く準備して。一回でも多く合わせたいの」

むき出しの感情を垣間見《かいまみ》て、俺はようやく気付いてしまう。

上別府さんは俺達をナメていたのだ。学生だから。制服だから。祭りに参加するような気持ちで挑んでいると決めつけられた。それも、悪意が介入しないほど無意識にだ。結羅はお笑いを心から愛しているからこそ、怒髪天を衝《つ》く程の怒りを覚えたに違いない。俺も気合を入れ直し、最後のネタ合わせに臨まなければ。

そう決意しつつ、横目で上別府さんの様子を窺《うかが》う。

視線が交わる。なぜか、上別府さんもこちらを見ていたのだ。それだけではない。表情には困惑の色が滲《にじ》んでいる。まるで信じられないものを目にしてしまったような。

一体、どういうことなんだ。

俺がぼんやりしていると、結羅の声が鋭く飛んできたので、慌てて視線を戻す。

「わかってると思うけど、一回戦は二分間だから。短縮版のネタね」

「お、おう。じゃあやるぞ」

気圧《けお》されるようにして、俺は冒頭の挨拶を口にする。書店員になりたいと宣言する結羅に、乗っかりながら物語を展開する。舞台は大きな書店。小説を探す俺と、思想が歪《ゆが》んだ書店員役の結羅。最初のボケが繰り出される。だが。

「……ストップ。結羅、ちょっと早くないか」

気持ちが先走っているせいか、いつもの練習より早口になっている。

「普通だよ。それに、早かったとしてもいちいち止めちゃ駄目。本番じゃ、そんなことできないよ？」

「それはそうなんだけど、一回落ち着けって」

「私は冷静だってば！」

短く叫ぶ結羅は、とても冷静には見えない。視線が忙《せわ》しなく動き、唇は小刻みに震えている。役柄だって、いつもよりブレている気がした。この状態でネタを合わせても無駄だろう。俺はふうと息を吐いてから、結羅の細い腕を掴む。

「こっちに来い」

「えっ、ハルくん？」

有無を言わさないほどの力で引っ張ると、結羅の足は抵抗もせずに追ってくる。控室を後にして、人気《ひとけ》のない通路に結羅を移動させた。

「ここなら上別府さんにも聞こえないから、好きなだけ愚痴れ」

「そんなこと言ってるヒマなんて……」

「いいから。夢の舞台に、そんな状態で上がったら後悔するだろ？」

俺は笑顔で諭す。

結羅は鋭い視線をぶつけてきたが、やがて観念したのか俯《うつむ》きながら頬を掻《か》いた。

「……うう、わかったよぉ」

「ほら。何が気に食わなかったんだ？」

「上別府さん、私達のこと馬鹿にしたんだもん。楽しむために来たんじゃないのに」

「俺達は楽しむんじゃなくて、楽しませるために頑張ってきたもんな」

「そうなんだよ！　ああもう、無意識なんだろーなぁ。完ッ全にお客さん扱いしてたよね？」

堰《せき》を切ったように、結羅の口から愚痴が溢《あふ》れ出す。憧れの相手だったからこそ、失望も大きかったのだろう。俺はうんうんと頷《うなず》きながら、ひたすら同調を重ねる。

「高校生じゃなくて、芸人として見てほしかったよな」

「うん、ハルくんもそう思うよね。ああ、悔しい。めっちゃ悔しいよぉ……」

「じゃあ、見返すしかないな」

「……だね。爆笑かっさらってやろ。チクショウ、首を洗って待っとけよ上別府め！」

結羅がぶんぶんと拳を振り回す。

しっかりとガスが抜けたようで、先程よりも表情が和らいでいた。

「よし、じゃあ控室に戻るか」

「あ、待って！　えっと、ハルくん。その……あんがと。あと、ごめんね。八つ当たりしたかも」

「気にすんな、相方」

「……うん。あー、ちょっと今泣きそうになった。こういうのコンビっぽい！」

泣き笑いのような表情を浮かべる結羅と共に、控室に戻る。すでに予選は始まっているようで、出番順が早いコンビは舞台袖に移動していた。

俺と結羅は二回ほどネタを合わせ、壁に張り出された順番を再度確認する。マジックアワーはちょうど真ん中で、うらるショットガンは大トリだ。出番が近い。そう考えると、心臓の鼓動が急加速する。呼吸すら苦しくなってきた。

「大丈夫だよ。何かあったら、私がフォローしたげるから」

俺の緊張が伝わってしまったのか、結羅は任せろと言いたげに胸を叩《たた》く。

「……さっきは俺がフォローした側だけどな」

「はて、なんのことでしょうかあ？」

「記憶力がファミコンすぎるだろ」

結羅はとぼけた表情を浮かべ、調子外れの口笛を吹きやがる。でも、お陰様でいい感じに力が抜けた。

「148番の方々、いらっしゃいますか？」

タイミングよく、スタッフの点呼がかかる。俺と結羅は顔を見合わせてから、同時に手を挙げた。

「ありがとうございます。では、こちらを通って舞台袖に待機してください」

控室を出たスタッフの背を追い、舞台の裏を進んでいく。薄暗い通路には、出番が近いコンビの姿があった。

「今舞台に出ているコンビのネタ、聞こえてくるね」

結羅が小声で囁《ささや》いてくる。ネタを披露しているコンビはアマチュアだろうか。お世辞にも上手《うま》いとは言えず、ツッコミがひたすら空回りしている印象を受けた。

だが、それにしても静かだ。

「……無観客って訳じゃないよな？」

静かすぎる。

舞台に立つコンビは、壁に向かって漫才を披露しているのではないかと疑うほどだ。

「うん。一回戦だけどお客さんは入ってるはず。ただ、これはちょっと……」

何かを言いかけて結羅《ゆうら》が口を噤《つぐ》む。自分達の眼前に居るコンビが、不安そうに振り返ったからだ。俺達が軽く頭を下げると、左側の男性が泣きそうな表情で「やっぱり、重いよな」と呟《つぶや》いた。

「はい。正直、ここまで客が重いだなんて……」

そう言って結羅が頷く。

「はぁ。こんな状況でやったってウケるわけないよ……。俺達、今年がラストイヤーなんだけどな」

男性は坊主《ぼうず》頭をぽりぽりと掻きながら、視線を前方へと戻した。彼等《かれら》は最後のチャンスを掴《つか》みに来たのだろう。

「――どうも、ありがとうございました」

思考を切り裂くように、締めの挨拶が舞台から届く。まばらな拍手が響く。そこでようやく、お客さんの存在を認知できた。次は目の前に居るコンビの番だ。舞台の手前まで移動する。だが、彼等は一言も会話を交わさなかった。

「君達は、芸人志望か？」

そればかりか、坊主頭の男性は相方ではなく俺達に声を掛けてくる。

「……はい」

「そうか」

出囃子《でばやし》が鳴る。彼等の間にはアイコンタクトさえ存在しない。

「──俺達みたいにはなるなよ」

代わりに残されたのは、諦観混じりの言葉。俺も結羅も押し黙るしかできない。たった一言に、十五年間の苦悩が詰まっていたからだ。舞台に駆け出した彼らの背は、絞首台《こうしゅだい》に向かう罪人のように見えた。

これが、キングオブマンザイの舞台なのか。夢を追い続けた人間の最期《さいご》なのか。

舞台上で行われる漫才は、彼等が積み重ねた年月は、誰にも届いていない。乾いた笑い一つ起こらない空気に、吐き気が込み上げてしまう。

「ねえハルくん……一瞬でいいから、手を繋いでほしい」

それは睦言《むつごと》ではなく、純粋に恐怖から逃れるための一言。俺は半ば無意識で結羅に手を伸ばす。結羅の手のひらはしっとりと湿っており、異様なほどに冷たい。

「……ありがとうございました」

夢破れた二人の男の挨拶が聞こえる。消え入るような声だった。観客は一度も笑わず、労《ねぎら》いの拍手さえ惜しむような空気に包まれている。

こんな状況下で、漫才を披露しなければならないのか。

「次だね」

結羅の声。出囃子の音が鳴る。その瞬間、明確な恐怖を覚えた。

行かなければならない。舞台に立たなければならない。俺は気力を振り絞り、大きく足を踏み出した。視界に広がるのは客席。ライトに照らされた埃《ほこり》が、この舞台で散った魂のように彷徨《さまよ》っている。

「……どうも、マジックアワーです！」

何度も練習したおかげか、挨拶は無意識に漏れ出していた。観客の視線が、俺の顔に集中する。大喜利の会場で感じたような興奮は、一切訪れやしなかった。

「私さ、書店員になりたいんだよね」

「ああ。本屋さんなら俺もよく行くし、ここで練習してみるか？」

「お願いします」

ネタの時間が二分間なので、入口は簡潔にしてある。ここからコントインだ。俺が入店し、結羅が接客する。だが、なぜか結羅の挨拶が聞こえてこない。数秒にも及ぶ、不自然な間が生まれる。

「……あ」

違う、俺だ。

俺が入店音を口にしなければいけないのだ。

「お、お客さん。何かお探しですか？」

咄嗟《とっさ》のフォローが入るが、結羅の声も震えていた。その刹那、一気に呼吸がおぼつかなくなる。脳裏によぎるのは、大喜利イベントでの一幕。結羅の回答に反応したときの自分。会場から逃げ出し、押し寄せる羞恥心に溺れた自分。

「はい、その、小説を探してまして……」

何度も口にしたはずの言葉が、あざ笑うようにこぼれ落ちる。頭の中がまっしろになる。ライトが眩《まぶ》しい。観客の視線が突き刺さる。結羅の表情が引きつっている。

「そ、それなら私が案内して差し上げます」

「ピッタリついてくる店員なんて……居ないですよね」

響かない。誰も笑うはずがない。

無限にも等しい二分間。制限時間を告げるブザーの音が、積み上げた空虚な自信を粉々に打ち砕いた。

結果なんて確認するまでもない。控室までの道のりが、果てしなく遠く感じる。感情のないたくさんの瞳孔が、脳裏に刻みついて離れない。今ならば、ネタを飛ばした部分だって鮮明に思い出せる。それなのになぜ、たった一回の本番で上手くいかないのか。

「……ハルくん、ごめん」

ようやく辿《たど》り着いた控室で、結羅が力なくそう言った。

「結羅のせいじゃない。俺が、ネタを飛ばしたから」

自分の声もひどく震えていた。お互いに続く言葉を探していると、何者かが近づいてきた。

「――おつかれさん。また劇場にも遊びに来てや」

俺の肩に温かい手がのせられる。

いつの間にか、上別府《かみべっぷ》さんが立っていたのだ。傍《かたわ》らには桃井《ももい》さんの姿もある。だが、今の結羅にこの言葉は。

「ふざけんなッ！　私は、思い出を作るために参加してるんじゃない！」

火に油だ。そう危惧するよりも早く、結羅が吠《ほ》えた。この反応が予想外だったのか、上別府さんは飛《と》び退《の》くように後方へと移動する。

「な、なんやジブン。いきなり……」

「うるさい！　馬鹿にしやがって……私は、私達は本気で漫才しに来たんだよ！　お客様扱いするなッ！」

結羅の双眸《そうぼう》には涙が溜《た》まっていた。俺は宥《なだ》めるべく前に出るが、それよりも早く上別府さんが動く。棒のような体躯《たいく》を横に折り曲げ、結羅の顔を覗《のぞ》き込む。長い黒髪が顔にかかり、さながら怨霊《おんりょう》のような風貌と化す。

「……へぇ、ホンキやったん？　あれで？　あの程度で？　はぁ？」

「おい、上別府。相手は高校生だぞ」

何かを察した桃井さんが止めに入るが、上別府さんは止まらない。肌寒さを覚えるほど険悪な雰囲気が控室に充満する。

「せやな、高校生や。せやからお客さん扱いしたったた。それやのにこの女、ホンキとかぬかしよったで？　はぁ？」

「私は本気だもん……何回だって言ってやる！　熱意は誰にだって負けない！」

「お笑いナメんなよクソガキが！」

怒声が反響し、周囲の芸人が顔をこちらへ向ける。しかし、口を挟める芸人は居なかった。

「ええわ。じゃあお前らのアカンとこ全部ゆったるわ。まず男、お前は自覚してるな？

何もかも足らん。良かったんは声だけや。ただ、なまじ声が良いから客の期待値が上がってまう。それやのにあのザマや。客からしたら期待させられたぶん、落胆も大きいわな。まあ論外やわ、論外」

淡々と、それでいて的確に急所を貫かれる。

俺だって、本気でやってきたつもりだった。それなのに、何も言い返せない。

「んで女、お前のアカンとこも腐るほどあるで。まずな……」

上別府さんはそう前置きし、結羅の顔を片手で乱暴に摑んだ。

「可愛《かわい》すぎるねん。今日かて、若い連中が色めき立ってたわ」

ぽつりと放たれた、無関係な一言。

俺は憤《いきどお》りを覚え、反射的に怒声を放った。

「おい、ふざけんな。それは関係ないだろ」

「……はぁ？　関係大アリじゃボケ！　アイドルみたいな顔面の造りしやがって。ええか？　お笑いにおいてジブンの顔面は邪魔にしかならん」

「適当なことを言うなよ！」

俺が反論すると、上別府さんは結羅から手を離す。

「生き残れる女芸人は大きく分けて二種類おる。ブスとおもろい奴《やつ》や、それ以外は売れへん。顔が良いやつは、どうしても第一印象が『可愛い』になってまう。その印象を打ち破るには顔面以上の何かがないとアカンねん。消費期限が短いアイドル枠を狙うなら別やけどな」

「でも、今は容姿をイジる笑いって避けられがちだし、顔の造りなんて……」

結羅《ゆうら》の抗議は、鼻で笑い飛ばされる。

「せやな。表立ってイジる笑いは風当たりが強い。でもな、笑いは人を貶《けな》し、蔑んで発展してきた文化や。ルッキズムやなんやゆーても、容姿がおもろい奴はそれだけでキャラが立つねん。だから、ジブンみたいに顔面が良いヤツはエゲツないくらいにおもろないとアカン」

ぬらり、上別府さんが揺れる。距離が近くなるにつれ、彼女のスーツに染《し》み付いたタバコの香りが鼻に流れ込む。

「ただなぁ。ジブンの芸は、論外や」

毒蛇のような視線が、再び結羅を捉える。

「姐《ねえ》さん――今井《いまい》まいこの猿真似《さるまね》してんちゃうぞボケが。ウチら世代の芸人が、どんだけあの人の世話になったと思ってんねん。ナメ腐ってんのか?」

そう吐き捨てる上別府さんの顔は、悲壮感で歪《ゆが》んでいた。彼女と今井まいこが、どのような絆《きずな》で結ばれているのかはわからない。ただ、結羅の芸風は、彼女にとっては忌々《いまいま》しい残像なのかもしれない。詰められた結羅は、取り乱すように頭を横に振る。

「私だって、私だって……今井まいこさんに……」

「ガワだけ真似ても意味ないわ。鬼才にでもなった気分か？」

「私は……でも、これを武器にしてここまで……」

「大方、素人《しろうと》に『笑いのセンスがある』っておだてられたクチやろ？　素人が言うセンスの良《よ》し悪《あ》しはただの好き嫌いや。技術的な部分に踏み込む知識や経験がないから、結局は自分の感性に合うかどうかでしかない。しかも、自分の感性が優れてる前提でモノを言いよる。なんのアテにもならんわ」

「私は……そんなんじゃ……」

「ええか？　ジブンみたいなモンは芸の基礎を叩《たた》き込むのが先や。付け焼き刃にもなってへんねん。板《いた》を何回も踏んで出直してこいボケが！」

　無慈悲な言葉を浴び、結羅は泣き崩れてしまう。

　一番近くで結羅を見てきた俺は、反論するべく上別府さんを睨《にら》み付ける。結羅は他人から向けられる評価の全てを捨て、ずっと一人で頑張ってきた。十六歳の若さで人生のプランを組み、夢に向かって駆け抜けている。

　その努力を、正論如《ごと》きに踏みにじられてたまるか。

「……アンタに、結羅の何がわかるんだよ。結羅が何を捧《ささ》げて、どんな気持ちでこの舞台に来たかわかるのかよ！」

俺の言葉に、上別府さんは大きな溜息《ためいき》で返事する。

「こりゃ話にならんわ。桃井、この男にアレ見せたれ」

「……人使いが荒いなぁ」

上別府さんと入れ替わるように、桃井さんが前に出る。

「ごめんね。上別府にも悪気はないんだけど……彼女は漫才馬鹿だから」

「誰が馬鹿やねんボケ。無駄口叩いてやんと、はよ現実見せたれ」

「自分で行けばいいのに」

「アホか、あの場所にどんな顔して行ったらええねん……。あとウチ女やぞ」

「私だってそうだけどね。まあいいや。キミ、ちょっと私に付いてきて。女の子はここで待機ね」

勝手に段取りを決められるが、俺はまだ納得していない。反抗の意を示す言葉を選んでいると、うずくまっていた結羅が顔を上げ、真っ赤な瞳でこちらを捉えた。

「ハルくん、私に構わず行ってきて」

「でも、結羅を放っておけない」

「えへへ、私は大丈夫だから。それに、ちょっとだけ一人にさせて？」

洟《はな》をすすりながら懇願される。こう言われると、従うことしかできない。

「わかった……一人で抱え込むなよ？」

俺の言葉に、結羅は曖昧な笑みを浮かべるだけだった。ひどく心配ではあるが、ここは桃井さんに付いていくべきなのかもしれない。俺は冷静さを取り戻すため、深呼吸を繰り返した。

「じゃ、こっちね」

桃井さんが控室を出る。俺は無言で追従する。どこに向かうのかと身構えたが、なんのことはない。男子トイレだった。

「中に入ればわかるよ」

話が飲み込めない。俺は疑問を抱きつつ、白い照明が漏れ出す空間に歩を進める。ふと意識を聴覚に集中させると、小さな声が聞こえてきた。

「泣き声……？」

俺の疑問は確信に変わっていく。悲壮感に溢《あふ》れた声は徐々に大きくなり、やがてはっきりと鼓膜を揺らす。

「あぁ、もう終わりなんだ……。また一年、苦しまなきゃいけないのかよ！」

怨嗟《えんさ》に近い感情が、トイレの個室から溢れ出している。しかも一人ではない。ある者は泣き叫び、ある者は嘔吐《おうと》している。

積み重ねた月日が、感情と共に流れ出しているようだった。

この人達は、俺と同じように結果を待たずして敗退を確信したのだろう。

「私は上別府みたいに、説教をするつもりはないけどさ。芸人にとって、人生を捧げるなんて当たり前だからねえ。そんなのは武器になりやしないんだ」

入口の方向から、桃井さんの声が聞こえてくる。

嗚咽《おえつ》、慟哭《どうこく》。

さながら夢の終着地と化した男子トイレの空気に刺され、俺はただ言葉を失う。

「それに、上別府の伝え方は間違っているけど、言葉自体は間違っていないよ。私達は女芸人というレッテルを貼られ続けてきた。どこの現場でも、芸人である前に女だったからねえ」

穏やかな口調の奥に、静かな反骨精神が窺《うかが》える。

彼女達は、俺の想像を絶するほど不当な扱いを受けてきたのかもしれない。

「さて、そろそろ出番だから私は戻るね。良かったら、舞台袖で私達の漫才を見ていきなよ」

桃井《ももい》さんが踵《きびす》を返す音がする。俺はこの場所に取り残されたくない一心で、転がるように男子トイレから脱出した。寒気が全身を支配して、離れてくれそうにもない。夢の重さに押しつぶされてしまいそうだった。

「……桃井さんは、怖くないんですか」

「怖いなあ、毎日怯《おび》えてるかも。でも、それ以上に楽しいよ。これが私の人生だから」

恍惚《こうこつ》とした表情。ああ、この人達はおかしいんだ。

笑いに何もかもを捧げ、その先の境地に達し、これが自分だと言い切れるんだ。

それに比べて、俺は。

「俺は、本気だったのか?」

自問自答が廊下に響く。夢遊病のように歩く。

観客は瀬音《せおと》だけじゃない。争う相手は志摩《しま》だけじゃない。

半ば無意識に辿《たど》り着いた舞台袖には、数組の芸人が固まっていた。いつのまにか桃井さんは俺の隣から消えていて、舞台上で漫才を披露している。

観客が揺れる。大波がうねる。同じ客とは思えないほどの反応。口撃の応酬を繰り広げる大きな背中を見ていると、懺悔《ざんげ》にも近い感情が涙と共に溢れ出した。

失意を乗せて、阪急《はんきゅう》電車は京都へ走る。車窓の外を流れる景色が真っ暗な山間部に突入し、やがて市街地へと変わる。明滅を繰り返す風景をぼんやり眺めていたら、いつの間にか終点の京都河原町《きょうとかわらまち》駅へ到着していた。俺と結羅は桂《かつら》駅が最寄りなので、ずいぶんと乗り過ごしてしまったようだ。

「……結羅、降りるぞ」

立ち上がり、声をかけるが応答はない。結羅は焦点の定まらない瞳で、週刊誌の車内広告をじっと眺めている。結羅の手を取って引き起こしてみると、だらりとした様子で腰を上げる。心ここにあらずの状態だ。気持ちは痛いほどわかるが、俺まで塞ぎ込んでしまうのは良くない気がした。

「せっかくだし、気晴らしに散歩でもするか？」

空元気で提案してみると、結羅は頷《うなず》いた。手を離すとそのまま倒れてしまいそうだったので、仕方なく手を繋《つな》いだ状態で歩く。九番出口の階段を上がると、湿気の膜が身体《からだ》を覆う。いつもと変わらない夏だ。全部嘘《うそ》みたいな夕空だ。それなのに、胸に巣食う悔しさは紛れもなく現実で、ちっとも居なくなってくれやしない。鴨川《かもがわ》の河川敷《かせんじき》では、等間隔に並んだカップルが楽しげに笑っている。川床の照明が、視界で大きく揺れる。

「結羅……ごめん」

口から漏れ出すのは罪悪感。最低限の練習を努力と履き違え、浮ついた気持ちのまま挑み、同じ歩幅で歩めなかった罪。罵倒され、胸ぐらを摑《つか》まれ、お前のせいだと責められるのは当然の罰だ。結羅が実力を発揮できず、猿真似だと切り捨てられたのは俺が失敗したからだ。結羅はずっと本気だった。それなのに。

「ハルくんは悪くない。引っ張りきれなかった、私が悪いんだよ」

結羅は一人で抱え込もうとする。下手くそな笑顔を作ってみせる。漫才を終えた後に飛び出した言葉も謝罪だった。俺は歩みを止め、真剣に訴える。

「どう考えても俺がネタを飛ばしたせいだろ？　なんで、本音で向き合ってくれないんだよ」

「……漫才をやろうって言ったのは私だし。無理強いはさせられないよ。それに、一年目はこうなるって覚悟してたから」

「なあ……結羅」

結羅の手を強く握りしめてから、俺は叫んだ。

「全部一人で抱え込もうとするなよ。俺はまだお笑いなんてよくわかんないけどさ、相方って——ネタをやるだけの関係なのか？」

違う、それだけは断言できる。

坊主《ぼうず》頭の先輩芸人に忠告された『俺達みたいにはなるなよ』という言葉が蘇《よみがえ》る。日々のすれ違いが、取り返しのつかない大きさにまで成長したのだろう。同じ轍《てつ》を踏まないためには、知る必要がある。

結羅がなぜお笑いに傾向するのか。夢の始発点はどこにあるのか。

「俺さ……舞台で頭が真っ白になったのが悔しかった。上別府《かみべっぷ》さんの言葉が悔しかった。でもそれ以上に……本気を履き違えていた自分への怒りが強かった。だから、改めて結羅の隣に立つために、歩幅を合わせるために知りたいんだ。結羅がなぜ、お笑いに懸けているのかを」

そう言いながら川べりに腰を下ろすと、結羅も大人しく従った。生ぬるい風が水面を駆け抜け、前髪を撫《な》でていく。ふと見上げた空は青紫が広がっていて、まるでコンビを組んだ日のようなマジックアワーだった。

返事を待っていると、やがて結羅は仕方ないなぁと笑った。

「……ちょっと重くなるけど、聞いてくれる?」

隣を見ると、街の灯《あか》りを吸収した結羅の瞳が、涙の粒で乱反射していた。

「私ね……ずっと、いじめられっ子で不登校だったんだ。中学一年生の途中まで、ほとんど学校にも行ってなかった。皆から浮いてたんだろうね。性格も、容姿も。表立った暴力はなかったけど、存在はずっと認めてもらえなかったな」

なんでもないように語っているが、口調からは恐怖が滲《にじ》んでいる。

「そんな状況で知ったのが、今井《いまい》まいこって芸人だったの。ハルくんは知ってるかわかんないけど、すごく綺麗《きれい》で、ありえないほど面白くてさ。それでいて、奇人と評されるほど私生活が変だった。今の私と同じように、着ぐるみで生活したりね。だから、小さな頃はいじめられてたってテレビで言ってた。そこで強いシンパシーを感じちゃった」

「やっぱり、結羅《ゆうら》の憧れの人は今井まいこだったのか」

「あれ、知ってたんだ」

瀬音の母親である事実は伏せたまま、俺は頷く。

「でね、そこから私の生活も変わった。今井まいこさんの舞台を何回も観て、私生活も全部真似《まね》した。没頭すればするほどマイナスの声なんて気にならなくなったし、お笑いのためなら社交的にもなれた。地下ライブや大喜利イベントで評価もされて、このまま芸人として輝けるって信じてた。私にはこれしかないんだって確信できた。私も今井まいこさんみたく……誰かを照らしたかった。過去の私を肯定するために、強く輝きたかった。でも、でも……私がやってきたことは全部付け焼き刃で、何もかも否定されて、生まれ持ったものさえ邪魔って言われちゃった。もう、どうしたらいいか……わかんないや」

結羅は両手で顔を覆い、嗚咽を漏らす。小刻みに震える身体はとても小さく、触れるだけで折れてしまいそうだった。

結羅がお笑いに傾倒する理由は、文字通り、人生の全てだったからなのか。

結羅はおもむろに顔をあげ、充血した瞳で俺を射貫《いぬ》く。

「私の人生って、なんだったのかな。もう、諦めるしかないのかな」

引きつった笑顔。結羅と出会ってまだ数ヶ月しか経《た》っていないが、似合わないと思った。

「……それはわからないけど、わかったこともある」

俺はそう宣言し、ゆっくりと立ち上がり空を見る。

視線を合わせながらだと、恥ずかしくなりそうだから。

「まだ負けてない。これまでの結羅は一人だったけど、今は俺が居る」

「ハルくん……？」

「もう一度、同じスタイルで臨もう。俺が足を引っ張らなければ結果はわからなかった」

「でもさ、一線級のプロに否定されちゃったんだよ？」

「だけど、まだ実力を発揮できていない。もし本当に駄目なら、そのときは一緒に新しい道を模索すればいい。だってラストイヤーまであと十四年あるんだぞ？　どれだけ失敗しても、最後に全国民を笑い殺したら俺達の勝ちだ。諦めてたまるかよ」

俺は今まで、瀬音のために漫才を頑張っていた。でも、それじゃ足りない。当然届かない。結羅に比べて、俺の本気は口から放たれただけの軽い言葉だった。こんなものを努力とは呼べない。あの悔しさは絶対に拭えない。

今度は履き違えないように、同じ歩幅で歩けるように、しっかりと胸に刻み込む。

「結羅、改めて言うぞ。一緒に漫才をしてほしい。俺にとって結羅は、初めて出会った尊敬できる相手なんだ。だから……」

結羅の過去を知った今、俺がやるべきことが明確になった。

もう、誰にも否定させない。

「――結羅の人生は間違ってなんかないって、俺が相方として証明するから」

水面に反射した四条大橋《しじょうおおはし》の街灯が揺らめく。風なのか、涙なのかもわからない。立ち上がった結羅の姿が二重に映り、眼前で収束する。

「……やる、やります。お願いします！　私も、ハルくんと一緒に輝きたい！」

隣を見た瞬間、結羅が胸に飛び込んできた。

俺は優しく腕を回し、ゆっくりと言葉を紡《つむ》ぐ。

「あとさ、これからは遠慮しないでほしい。練習も、もっとするから」

「いいの？」

「うん、結羅の熱意を全部ぶつけてくれ。というか、なんで今まで遠慮してたんだ？」

俺が瀬音を理由にネタ合わせをしなかった際、結羅は問題解決のために時間を割いてくれた。仮病で休んだ件も追及されていない。どう考えても、俺に求めるハードルが低かった。

「……だって、うるさくしちゃったら、ハルくんが居なくなると思ったから」

結羅が顔を上げる。子供のように泣きじゃくりながら、俺をじっと見つめている。ああ、そうか。結羅は誰かと仲直りした経験がないと言っていた。こじれる相手が居なかったから、意見の伝え方すらもわからなかったのだろう。

「結羅はもう少し、人付き合いを勉強していこうな」

「……う、すぐそうやって馬鹿にする」

「仕方ないだろ。ま、そのへんは任せとけ」

俺は結羅の肩を摑《つか》み、引き剝がす。

「とにかくだ。俺は絶対に居なくならないから、遠慮なくなんでも言ってくれ」

俺の言葉を受け、結羅は指で涙を拭いながら、にへらと微笑《ほほえ》んだ。

「……わかった。ありがと」

「うん。やっぱり結羅はアホっぽい笑顔のほうが似合ってる」

「え、ひど！　いきなり何？」

結羅は心外そうに表情を歪《ゆが》めたが、すぐに柔らかい顔つきに戻る。

「……ハルくん、本当に、私と同じ熱量を求めていいんだよね？　なんでも言っていいんだよね？」

「ああ」

「じゃあさ、もっと練習時間増やそ？　こんなんじゃ足りない」

結羅が歩き出す。

「任せろ。早起きだって頑張る」

俺も隣を歩く。けれど、結羅が早足になる。

「うん。あとね、その……もっと一緒に居たい」

「ん、結羅？」

「たまには、私にも可愛《かわい》いって言え」

「お、おい。さっきから何を言ってるんだ？」

慌てて追いつき、結羅の顔を覗《のぞ》き見る。

「……な、なんでも言っていいんでしょ？」

結羅は両手で頬を押さえながら、恥ずかしそうに言葉を発する。すぐ近くにあるはずの喧騒《けんそう》が、どこか遠く聞こえる。結羅がどんな意図で発言したのかはわからないが、俺の胸中をかき乱すには十分すぎる発言だった。

河原町から桂《かつら》に戻り、自宅に辿《たど》り着いてなお、頬を染めた結羅の顔が脳内で浮遊する。結羅は以前、コンビ間で恋愛感情は抱かないと明言していた。だが、結羅は人付き合いに慣れていない。同年代の人間と密に接することで、新たな感情が芽生えてもなんら不思議ではない。

「まさか、な」

そこまで考えて、乾いた笑いが漏れる。今向き合うべきは漫才だ。俺が頭をぶんぶんと横に振っていると、リビングに差し掛かったタイミングで桜優《さゆ》に目撃される。

「お兄ちゃん、何してんの。家でも奇行に走るのやめてよ。てか、本当に大阪で漫才してきたの?」

桜優が怪訝《けげん》な表情で問いかけてくる。俺は昼間の惨劇をありありと思い出してしまい、目眩《めまい》に襲われる。

「ちょ、どうしたの?　顔色悪いよ?」

結羅の手前、気丈に振る舞っていたが、受けたダメージは計り知れない。大喜利イベントでも痛感したが、どうやら俺は人前に立つのが得意ではないらしい。厳密に言えば、知らない人に注目されるのが怖いのだ。教室での乳首相撲と異なり、お客さんは俺のことなど知る由《よし》もない。値踏みするような視線が突き刺さると、呼吸さえままならなくなるけれど。

「ああ、大丈夫だ」

大喜利イベントで結羅にツッコミを入れた瞬間、砕いた宝石をまぶしたように世界が輝いた。たった一口味わっただけの快感が、舌先に残って洗い流せない。もし漫才で人の心を鷲掴《わしづか》みにできたら、さぞや気持ちが良いだろう。

「漫才は、まあ……駄目だった。でも、来年も挑戦するし、西院祭《さいいんさい》でも披露する。良かったら桜優も観《み》に来てほしい。受験勉強の息抜きにはなるだろ？」

「……別にいいけど、忖度《そんたく》して笑ったりしないよ。それに、ふざけてたらすぐに帰るから」

「心配すんな、腹筋ねじ切ってやるよ」

力こぶを作ってみせると。桜優が俺の二の腕をパチンと叩《たた》いてきた。

「ま、そこまで言うなら楽しみにしといてあげる。間違っても、服を脱いだりしないでよね」

普段よりも柔らかい声。すぐに背を向けて去っていったのでよく見えなかったが、久しぶりに桜優の笑顔を拝めた気がする。

「……よし、やるか」

西院祭まであと二ヶ月半。時間は十分ではないが、今よりも成長しているのは間違いない。俺は両頬を叩きながら、帰り道に浮上した秘策を伝えるべく結羅にメッセージを飛ばす。反撃の狼煙《のろし》をあげるべく、両頬を二度叩いて気合を注入した。

大丈夫。今度は上手《うま》くいくと、自分に無理やり言い聞かせるようにして。

第五回単独公演『どこが古書店のみえるまち』

八月三十一日。五山の送り火を終え、京都の街はすっかり秋めいた表情を覗かせる。なんてことはまるでなく、相も変わらずの灼熱《しゃくねつ》地獄が続いている。蟬《せみ》の声が激減したのが唯一の救いだが、あついものはあつい。俺と結羅《ゆうら》はもはや行きつけと化したサイゼリヤに避難しつつ、今後の展望について話し合っていた。

「——で、漫才を勉強するためには劇場に通う必要がある。けどお金が足りないからバイトをしたい。ハルくんはそう言いたいんだね？」

結羅が俺をジト目で睨《にら》みながら、ストローに口をつける。明らかに不満そうな顔だが、今回は秘策がある。

「バイトと言っても、ただのバイトではない」

「……というと？」

俺はスマホを取り出し、あらかじめ用意していた画面を結羅に見せつける。結羅は頰杖《ほおづえ》をつき視線だけで文字を追っていたが、俺の思惑を理解したのか背筋をしゅっと伸ばした。

「まさか……本格的に演技を落とし込む気？」

「ああ。書店でバイトをすれば、書店員の演技も板につくだろ？　大型の店舗は高校生の募集をしていないが、小さな古書店なら話は別だ」

「ってことは、私も……」

「一緒に働いてほしい」

俺が思いついたのは、書店員として一緒にアルバイトを始める作戦だった。今の俺はどう考えてもインプットが足りない。漫才を観るだけであれば動画で事足りるが、間や空気に関しては劇場で感じないと落とし込めないだろう。

しかし、軍資金を捻出するためにお笑いに割く時間を減らすのは本末転倒。勤務時間さえも笑いに繋《つな》げたかった。

「もちろん練習時間を減らしたくないから、シフトは結羅と合わせたい。劇場にだって一緒に行く。西院祭まで一秒たりとも無駄にしたくないからな。募集要項を見る限り、色々と融通が利きそうだし」

考えうる限り、これが最善のはずだ。

俺が一息に語り終えると。結羅は感心したように息を漏らした。

「……ハルくん、一晩でここまで考えたの？」

「何か考えておかないと、大怪我《けが》した瞬間が頭から離れそうになくて」

自嘲気味に笑う。一回戦の結果は、言わずもがな惨敗《ざんぱい》だった。公式サイトに表示された敗退の二文字が、深々と脳裏に刻み込まれている。忘れるためには、ただ突き進むしかない。

「やっぱり、ハルくんと組んで良かったなぁ」

結羅はえへへと笑ってから、悪戯《いたずら》を思いついたように発言する。

「プロに否定された方法を頑《かたく》なに貫くなんて、相変わらず諦めが悪いねぇ」

「当たり前だ。でなきゃ、三ヶ月も瀬音《せおと》に突撃を続けるわけがない」

俺が口角を上げてみせると、結羅はつられたように吹き出した。

一度駄目だっただけでは、諦める理由にはならない。

「ま、とにかくやってみようぜ」

「うん！　私、アルバイトって初めてだから緊張するなぁ。お給料貰《もら》ったら、毎週劇場に通えるのかなぁ」

結羅が瞳を輝かせながら語る。しばらく微笑ましい気持ちで眺めていたが、ふと一抹の不安がよぎってしまう。

果たして結羅に、一般的な労働が可能なのだろうか。

愛嬌《あいきょう》はあるが、愛嬌だけではどうにもならない気がする。

「ん？　どしたのハルくん。目の前でラーメンが売り切れたおじさんみたいな顔して」

「……なんでもない。とりあえず、早速応募してみよう」

俺は愛想笑《あいそわら》いを浮かべつつ、スマホで古書店に電話をかける。

その古書店は高倉通《たかくらどおり》に店を構えており、若い働き手を募集しているようだ。

数コールしてから、優しげなお婆《ばあ》さんの声が耳元に届く。バイトの面接を希望する旨《むね》を伝えると、早速時刻を指定される。本日の十七時だった。俺は礼を述べてから電話を切り、結羅にサムズアップを突き出した。

「やったねハルくん！　あとは面接をクリアするだけだね！　あ、バイトってことは、家族に伝えなきゃいけないなぁ」

俺はその言葉を聞いた瞬間、頭が真っ白になってしまう。

アルバイトの動機を、親にどう説明すれば良いのだろうか。

「どしたのハルくん」

「……結羅の活動って、家族も応援してくれてるのか？」

「めっちゃ応援してくれてるよ。ホントどしたの急に」

「いや、親の同意を得るには、目的を伝える必要があるなと」

俺は今まで趣味がなかった。消費するだけの娯楽を味わい、将来の展望もないまま進学した。社会経験の一環としてアルバイトに勤《いそ》しむタイプではないし、お小遣い以上の金銭が必要になる理由もない。そんな息子であるのは親だって承知している。

「……夢とか、将来とか、結羅と出会うまで考えたことすらなかったんだよ。だから、打ち明けるハードルが高くてさ」

いくら本気だと伝えたところで、過去は変わらない。無為に生き続けた日々は覆《くつがえ》らない。説得力などあるはずがないのだ。今回の作戦を練った時点で、覚悟は決めたつもりだった。それなのに、いざ話が進むと寒気がしてしまう。

「要するに、俺は否定されるのが怖いのかもしれない」

「怖くなるってことは、それだけ本気なんだよ。ハルくん」

目を伏せていると、結羅が柔らかな声で俺に呼びかける。表情は綻んでおり、なぜか満足そうな様子さえ窺《うかが》える。

「ま、その辺は私に任せてよ。秘策があるから」

「……秘策？」

俺が反射的に問い返すと、結羅はにんまりと微笑《ほほえ》みを寄越してくる。久方ぶりに、トラブルメーカーの萌芽《ほうが》が垣間《かいま》見《み》えた気がした。

雑居ビルの一階に店を構える釈迦戸《しゃかど》書房は、仏教や学問、果てはサブカル情報誌といった雑多な書物を取り扱う古本屋だった。店内には所狭しと古書が積み上げられており、さながら紙の摩天楼と化している。とはいえビル自体が小綺麗《こぎれい》なので、埃《ほこり》っぽさはあるが汚くはない。入店した俺と結羅が辺りを見渡していると、レジ台の奥から腰の曲がったお婆さんが姿を現した。

「ああ、君達がアルバイト希望の子かい？」

俺が肯定すると、お婆さんはふくふくとした笑みを覗《のぞ》かせる。

「そうかぁ。じゃあ、さっそく明日から店番をしてもらおうかねぇ」

「え、もう採用なんですか？」

「君達なら大丈夫でしょう。かわいらしいアベックじゃないか」

お婆さんが、後ろで結った白髪を揺らすように笑う。アベックとはなんだと一瞬だけ逡巡《しゅんじゅん》し、カップルのことかと結論付ける。結羅は意味を理解できていないのか、口をぽかんと開けたままだった。

「あの、別に付き合ってるわけじゃ……」

俺がやんわり否定すると、結羅の頭から爆発音のようなものが聞こえた。

「い、い、いきなり何言ってんのハルくん！　そんな話してなかったじゃん！」

「ど真ん中の直球でその話だったんだよ」

「そうなの？　大体アベックって何？　焼きそば？」

おそらくペヤングと勘違いしているみたいだが、結羅に気を取られると話が進まない。

俺は再びお婆さんを見据える。

「えっと、具体的な勤務時間とか、時給とか、まだ伺ってないんですけど」

「ああ、そうだねぇ。たしか、こういうときの書類がどこかにあったんだけどねぇ」

お婆さんはぷつぷつ呟《つぶや》きながら、緩慢な挙動で店の奥へと戻っていく。なんだか田舎の祖母みたいだとほっこりしていると、やがてお婆さんが戻ってきた。その後、諸々《もろもろ》の話を聞き、同意書のようなもの――古すぎて有効なのかもわからないが――を頂き、ひとまず店を出た。

業務内容としては接客が主だが、店内の整理も定期的に行ってほしいとのことだ。どうやら、店内に乱立した古書がいつ崩れるかわからない状態らしい。当分は店内の整理に俺達を使ってくれるそうだ。当初の想定とは異なったが、ひとまず勤務先は確保できた。

「あのお婆ちゃん一人じゃ大変そうだもんね」

「だな。高い場所の整理なんて、骨が折れるだろう」

「……どっちの意味で？」

「俺は洒落《しゃれ》にならない洒落は言わない」

高倉通を南下しながら、再びこみ上げる憂鬱に舌打ちをする。両親の件だ。同意書を結羅に代筆してもらう方法も考えたが、有事の際に面倒になるのは明白だ。やはり避けては通れないだろう。俺の不安を察したのか、結羅が「怖い？」と質問してくる。

「そうだな。こういうの、初めてだから」

「そっか。あ、ハルくんの家ってどこなの？」

「家？　桂《かつら》駅から自転車で五分くらいの場所……ってか、最寄りのコンビニが一緒なんだから結羅の家と近いぞ」

「ああ、そうだったね。じゃあ良かった。今からハルくんの家に行くから」

「……なんで？」

俺が困惑を視線に乗せると、結羅は任せとけと言わんばかりに胸を叩《たた》いた。

「ハルくんが本気だって、私も証言したげる。一人じゃなくて二人なら説得力も二倍！　これが秘策だよ！」

単純な足し算で確率を上げるなと言いたくなったが、すでに結羅の性格は把握している。

どう足掻《あが》いても逃れられないのだ。

俺の親を説得する。

とどのつまり、異性の家に上がり込むというイベントなのだが、結羅《ゆうら》はまだ意識していないらしい。玄関を潜るなり「人の家の匂いだ」と楽しそうにはしゃいでいる。時刻は十八時半、両親はもう帰宅しているだろうか。リビングを覗いてみると、だらりとくつろぐ桜優《さゆ》の姿があった。受験勉強の息抜きなのか、ソファで寝転びながら棒アイスをしゃくしゃくと齧《かじ》っている。

「あれ、お兄ちゃん……」

もう帰ってきたんだ。そう言いかけたようだが、桜優は目を見開き固まってしまう。視線は、俺の後方に居る結羅へと注がれている。

「……その人って、やばい人じゃん。なんで連れてきてんの?」

非難の意が込められた視線だったが、結羅は言葉だけを切り取ってしまう。

「い、いや私達はそういう関係じゃなくて! えっと、その、なんというか!」

「何うろたえてんだよ」

俺は呆《あき》れつつも、結羅を紹介することにした。

「えっと、桜優。前にも言った通り、俺は漫才をやっていて……結羅はその相方だ」

「でもこの人、常識ない格好で出歩いてる変態じゃん。私の中学でも有名だよ」

「たしかに、海老《えび》の着ぐるみで河原町《かわらまち》に出てくる異常者だけど」

「ねえハルくん。ここってフォローが入る場面じゃないの？」

そう言われても、純然たる事実である。俺が言葉を選んでいると、桜優は失望したように溜息《ためいき》を吐《つ》いた。

「なんで、よりにもよってそんな人とコンビを組むの？　ただでさえお兄ちゃんは悪目立ちしてるのに」

「でも、俺達は本気だから……」

「言葉だけならなんとでも言えるから。せっかく応援しようと思ったのに、結局お兄ちゃんは、ふざけたいだけだったんだ」

違う。そう否定しようとしたが、上手《うま》く言葉が出てこなかった。

俺の決意も、結羅の境遇も、桜優は知らない。

――校内一の奇人と言われた私と、好きな子の為《ため》に奇行を続けるキミ。そんな二人がコンビを組んで、全校生徒どころか全国民の笑いをかっさらうなんて最高にドキドキしない？

ああ、この通りだ。俺達はまだ、校内一の奇人と奇行を続ける人間でしかないのだ。

「ねえ、考え直してよ。このままじゃ、私まで馬鹿にされるじゃん」

西院祭《さいいんさい》は招待券さえ提示すれば、外部の人間も参加できる。とはいえ、学校関係者や近隣高校の生徒が大半である。やってくるお客さんから見る俺達の評判は、桜優が口にした印象そのものだろう。悪ふざけ、目立ちたいだけ。西院高校の恥。そう勘違いされても、仕方がない。

「お願いだから、これ以上恥をかかせないでよ！」

桜優は涙目でそう告げて、リビングを後にする。来年から桜優が西院高校に通うとしたら、奇行を続ける兄の存在など忌《い》まわしいに違いない。簡単な話なのに、瀬音《せおと》に目が眩《くら》んだ俺は、最近まで気付けなかった。

「は、ハルくん。なんかごめん」

「いや。結羅のせいじゃない。遅かれ早かれ、こうなっていた」

自分の行動に伴う責任やリスクを、度外視していたツケが回ってきたのだ。泣きそうな表情を浮かべる結羅を宥《なだ》めていると、玄関から鍵を開ける音が聞こえてきた。

「ただいまぁ。って、誰か来てるの？」

母親が玄関先から問うてくる。納得してくれるだろうか。俺に対する信頼などないに等しいのではないか。足音がリビングに近づいてくるにつれ、心臓の鼓動が大きくなる。

「あら、晴比古《はるひこ》のお友達？」

買い物袋を手にさげ、リビングに母親が現れる。弾《はじ》かれるように結羅は背筋を伸ばし、勢いよく頭を下げる。意外にも常識が備わっているんだなと感心した。

「は、初めまして！　私はハルくんとお笑いコンビを組ませて頂いている中屋敷《なかやしき》という者です！」

「お笑いコンビ？　そんなの初耳なんだけど……」

空気が変わった気がして、俺は咄嗟《とっさ》に言い訳を被《かぶ》せようと立ち上がる。けれど。

「まあ、頑張りなさいね」

あっさりとしたエールを送られ、ぽかんと呆《ほう》けてしまう。

「え、そんな軽い感じなの？」

「よくわかんないけど、晴比古がやりたいならやればいいじゃない」

「俺、真面目に言ってるんだけど……」

「じゃあ養成所とかも考えてるの？　それならお金のこともあるし、早めにお父さんにも相談しなさいね」

拍子抜けするほどに、とんとんと話が進んでいく。流れに乗ってアルバイトの件も切り出してみると、「まあ、アンタも高校生だもんね」と快諾してくれた。そればかりか、会話は雑談へと戻っていく。

「それより中屋敷さん。晩ごはん食べてく？」

「わ、私は今日は遠慮しておきます」

結羅は笑顔を取り繕う。桜優と同席するのを避けたかったのだろう。一人にしてはおけないので、俺も追従する。

「ごめん。俺も今日は外で食べてくる」

俺は結羅の肩を押す。促されるように結羅が玄関に向かう。その道すがら、結羅がくるりと振り返り、にっこり微笑《ほほえ》んだ。

「ハルくん、やったじゃん。妹ちゃんは反対してたけど、ひとまず認められたよ。ハルくんの本気」

そう祝福され、ようやく実感が伴ってくる。初めて告げた夢への一歩と、自分の意思。桜優の反応を見るからに手放しでは喜べないが、道は整えられた。

「結羅、ありがとうな」

「いいってことよ相方！　でもさ、妹ちゃんは放っておいても大丈夫なの？」

「……桜優は頑固だから、言葉よりも行動で示すしかない」

スニーカーのつま先をこんこんと床で鳴らしながら、決意を告げる。

「つまり、西院祭で見せつけるのが最善手だ」

「そっか。なら、やるしかないね。全校生徒、首を洗って待ってろよぉ！」

「——へぶっ」

突き上げられた結羅の拳が、靴紐《くつひも》を結ぼうと屈《かが》んだ俺の顎にヒットする。

「……あ、ごめん」

視界の端に散らばる星を数えながら、何事も順風満帆にはいかないなと改めて実感した。


二学期を迎えた真夏日の朝。晩夏といえば多少は涼しげになるが、蓋を開けばシウマイ弁当の如《ごと》く熱気が立ち上る気候。俺と綿貫《わたぬき》は、桂駅のホームで携帯式の扇風機片手にうなだれていた。

「お前、全然日焼けしてないよな」

「僕はスタジオと自宅の往復だったからね」

人気アーティストみたいなことを、と言いかけたが、実際に人気があるので押し黙る。

「ハルの夏休みはどうだったんだい？」

「漫才漬けだ。あと、バイトも始めた」

「……遊ぶ金欲しさに？」

「犯行動機みたいに言うな」

俺は少しためらってから、「もっと劇場でお笑いが観《み》たいんだよ」と打ち明けた。そのタイミングで小豆色の車両がホームに滑り込み、扉が開く。俺と綿貫は漏れ出した冷気を浴びながら、車両の中へと進んだ。混み合った空間なので、声量を落として会話を続ける。

「へえ、予想以上に熱が入ってるね」

「じゃなきゃ、相方に追いつけないからな」

そう言いつつも、意識しているのは結羅だけではないことに気が付く。

このままでは綿貫にも志摩《しま》にも追いつけない。

いや、俺が目を背けていただけで、何かに本気で打ち込んでいる同年代は山ほどいる。向かいのホームに立つ部活動のジャージを着た学生だって、きっと何かを犠牲にして血を滲《にじ》ませている。

その熱量がやっと理解できる場所に来た。けれどまだ、少し遠い。

「……して、その相方さんはどこに？　僕達と最寄り駅は一緒なんだよね？」

そんな思考を切るように、綿貫が辺りを見渡す。だが、この車両に結羅の姿はない。

「いや、待てよ。僕達って中屋敷先輩を駅で見かけたことがないね」

「ああ、結羅は基本的に遅刻して来るからな」

「朝が弱いの？」

「いや、贔屓《ひいき》の芸人が出てくる情報番組をリアタイするらしい。今日は始業式だけだし、来ないんじゃないか」

「なんというか、自由だね」

綿貫の苦笑いに同調する。ネタ合わせの時間を増やすため、お互いの生活スケジュールを共有した際に初めて知った事実だ。服装違反も伴って内申点は低空飛行だろうが、卒業さえできれば良いのだろう。

「まあ、そんな人だからハルと相性が良いのかもしれないけどね」

「……かもな」

「あれ、否定しないんだね」

綿貫がからかうような視線を向けてくる。けれど、もう認めてしまっている。

「アイツじゃなければ、俺の人生は何もないままだったかもな」

素直に心情を吐露すると、綿貫は大きな目をさらに見開いた。

「……驚いた。男子、三日会わざれば刮目《かつもく》して見よとは本当だね」

アナウンスが西院駅の到着を告げる。扉が開き、冷気と外気が混ざり合う。踏み出した足は、たしかな一歩を刻む。

「そんな相方と漫才して、全員の爆笑をかっさらう。もちろん、瀬音の笑顔もな」

「……ああ、ハルはまだ知らないのか」

「え、何が？」

「瀬音さん、西院祭の実行委員に立候補しているらしいよ。しかも入学とほぼ同時に」

話が飲み込めず、俺の口からは「ほぁあ」と間抜けな相槌《あいづち》が漏れ出した。

「彼女の思惑はわからないけど、実行委員に出し物をのんびり眺める時間ってあるのかな」

「下手したら、俺達が漫才をする時間に雑務が割り振られる可能性があるってことか？」

「そういうこと。一週間くらい前に、同じ理由で志摩も肩を落としていたからね」

「――おのれ志摩めッ！」

「彼に非はないよ」

そう言われても、アイツが絡《から》むとロクなことがないのだ。そもそも、俺より早く瀬音の情報を入手している点も気に食わない。やはり鞍馬山《くらまやま》に埋めておくべきだった。

とはいえ、俺達がやるべきことは変わらない。

「まあ……瀬音が来られなくても関係ないけどな。最高の漫才を見せてやるよ」

俺が言い切ると、綿貫は信じられないものを見たかのように、ぽかんと口を開けていた。

退屈な始業式を終えて帰り支度をしていると、猪《いのしし》のような速度で何者かが教室に乱入してきた。影の主を認めると、なんてことはない。見慣れた相方の姿があった。

「ハルくんハルくんハルくん！　早く釈迦戸《しゃかど》書房に行こうよ！」

野生生物もとい、毛むくじゃらの着ぐるみを纏《まと》った結羅《ゆうら》が、俺の眼前で停止する。

初めての労働に興奮を抑えきれない様子である。結羅が始業式に来るとは思っていなかったので、少々面食らってしまった。

「出勤時間は夕方なんだから、一回帰宅してからでも……」

思わず言葉を切ってしまう。クラス中の視線が、俺達に注がれているからだ。どこから か「夏休みの間に進展したらしい」だの「奇人と奇行種だなんてお似合いじゃん」だのと声が漏れたのを合図にして、あらぬ憶測が銃撃のように飛び交い始める。どうしてこうも、男女の仲に結びつけられるのだろうか。俺が辟易《へきえき》していると、結羅は「ち、違うもん！」と大声を発した。

顔は真っ赤、瞳はぐるぐるの渦巻き。

経験上、この状態の結羅を野放しにするのはよくない。

「ま、まあ？　私はハルくんのお母さんにも挨拶したけブヘェッ！」

ビンゴ。半ば掌底に近い勢いで結羅の口を塞ぐ。手のひらの奥で結羅が何か物申しているが、主導権を渡すわけにはいかない。

「聞けお前ら！　俺はこの馬鹿と漫才をすることになった。今年の西院祭《さいいんさい》で披露もする。よって、入学時より敢行していた市井《いちい》晴比古スペシャルショーはしばし中止だ！」

男子からは中止を惜しむ声が漏れ出すが、女子の反応は冷ややかだ。悔しいが、これが現時点での評価だ。

俺は「以上」と締めくくり、結羅ごと教室を後にしようとする。

「市井」

そんな俺を呼び止めるようにして、小さな声が耳に届く。

振り向いて視線を下げると、瀬音《せおと》の瞳がこちらをじっと捉えていた。

「絶対に観に行くから」

「ありがとう。でも、実行委員なんだろ。無理はするなよ？」

「あれ、市井に伝えたっけ」

不思議そうな声を聞き、そういえば綿貫から教えてもらったのだと気付く。

だが、そもそも瀬音が伝えた相手は志摩だろう。綿貫の名を出してしまうと、情報共有が行われている裏付けになってしまいそうで、咄嗟に誤魔化した。

「……し、志摩から聞いた」

「そっか、仲良しなんだね」

瀬音がわずかに頷《うなず》く。あらぬ評価を下された不快感で全身を掻《か》きむしりたくなったが、俺はなんとか笑顔を取り繕う。その間に、結羅が俺の腕から脱出を果たした。

「いひひ、絶対に瀬音ちゃんを大笑いさせてやるからね。覚悟しとけよぉ？」

「はい、楽しみにしてます」

「……ああ、もう可愛《かわい》いなぁこいつめ！」

理性を失った結羅が、勢いよく瀬音に飛びかかる。

「市井、たすけて」

「ええやんかぁ……おっちゃんとスケベパーリナイしようやぁ……」

高速頬ずりを浴びながら、死んだ瞳で助けを乞うてくる瀬音。思わず「仲良しなんだな」という言葉が喉まで出かかったが、瀬音の名誉に免じて放棄してやった。

釈迦戸書房はさほど広くない。にも拘わらず、書籍が多い。ひとたび崩れたら、二度と脱出できない気配さえ感じられる。そんな状況では安全確保すらままならないので、俺と結羅の出勤初日は、ひたすら書籍の整理に勤《いそ》しんでいた。ネタを合わせながら。

「——ハルくん、今のツッコミの言い方良かったかも」

「やっぱりそうか。俺の声質とトーンなら、かいわれ絵巻の伊藤《いとう》さんが参考になるかなって」

俺が所感を述べると、結羅は手を止めてこちらを見やった。

「へぇ、いぶし銀の芸人じゃん。自力で辿《たど》り着いたの？」

「うん。動画サイトを色々漁《あさ》ったから。おかげで寝不足だよ」

「そっかそっかぁ、気合入ってるじゃん！　もう一回合わせよ！」

俺は頷いてから、ネタの冒頭部分を口にする。しんと静まりかえった店内に、掛け合いがこだまする。もちろん、無許可でサボっているわけではない。店主の住居スペースが二階にあるらしいが、店主いわく、若者の声が聞こえるのは嬉《うれ》しいとのことだ。

ネタ合わせの免罪符を得た俺達は、こうして手を動かしながら練習している。

一時間ほど練習と作業を継続させ、サブカルチャーの情報誌コーナーに流れ着いた瞬間、結羅の動きが止まった。

「もしかしてここ、お宝の山なのでは」

嫌な予感を察したので、様子を窺《うかが》ってみる。結羅は瞳を爛々《らんらん》と輝かせながら書籍をめくっている。表紙には『上方漫才分析論』の文字が見える。たしかに結羅にとっては貴重なものかもしれない。だが、この展開は非常によろしくない。

「結羅、その本から離れろ」

「え、なんで」

「それはな、片付け中に懐《なつ》かしい漫画を発掘したときと同じ状況だ」

「いやぁ、流石《さすが》にそこまでのめり込まないよ。お仕事中だもん」

「すでに肩までどっぷり浸《つ》かってるように見えるが」

「ま、まだ足湯の段階だよーだ」

「くつろぐ気は満々じゃねえか」

結羅はさも心外そうに「やだなぁ」と言うが、目線がページから離れていない。

「結羅」

俺は咎《とが》めるように声を掛け、本を閉じるべく接近する。

「んえ？」

が、結羅が反射的にこちらを向いたせいで、互いの顔が急接近してしまう。

翡翠《ひすい》色の瞳がぐるりと天井を捉え、すぐに左へ飛んでいく。

「あ、う、ごめん、なさい」

「別に謝らなくてもいいだろ」

「いやでもほら、男女がこの距離感って色々アレじゃん？」

「結羅がそれを言うのか」

俺は少し距離を取る。結羅は書籍をぱたりと閉じて棚に戻す。

「はぁ、なんだろ。最近ちょっとおかしいのかも」

結羅が両手で顔を扇ぎながら戸惑う。おかしいのは今に始まったことではないが、結羅は何らかの異変を自覚しているのだろう。

「おかしいって、どうおかしいんだ」

俺が問いかけると、結羅がすっと立ち上がる。

「ハルくんと一緒に居ると凄《すご》く楽しいの。漫才ができるってのは当然なんだけどさ、なんかこう、なんでもない話をしてるだけで気分がぽかぽかしてくるんだよぉ。あとね、目が合うとめっちゃドキドキする……加齢かなあ」

何を言っているんだと呆《あき》れかけたが、心当たりがあった。

それは、瀬音と接している際に抱いた感情と同じだ。

瀬音の言動に一喜一憂し、視線が交錯するだけで時間が止まるような錯覚に陥る。最近は慣れてきたせいか、その機会に乏しくなったが、瀬音と出会った頃はまさに今の結羅と同じ状態だった。

つまり、今の結羅は。

いや、そんなはずがないと首を振る。けれど、決意を新たに語り合った鴨川《かもがわ》沿いでのやり取りが鮮明に蘇《よみがえ》る。様々な要求をしてきた結羅は、まるで恋をしているような反応だった。バカバカしいと斬り伏せた可能性だったが、再び浮上すると強度も増す。ひな鳥が初めて見た生物を親だと思い込むように、初めて仲良くなった同年代の男子に恋をする可能性だって十二分にあるのではないか。

俺が逡巡《しゅんじゅん》していると、結羅の声が静寂を打ち破った。

「ねえ。黙ってないでなんか言ってよ」

結羅が不満そうに頬を膨らませる。

もし結羅が俺に好意を寄せているのなら、どう対応するのが正解なのか。

「……まあいいや。だからさ、ハルくん。もっともっと一緒に練習しようね。あと、たまには遊びにも行きたかったりする」

「なんだよ急に」

「なんでも言っていいって、この前言ってくれたじゃん！」

たたたと距離を詰めてきた結羅が、俺を覗《のぞ》き込む。おそらく、結羅はまだ自分の感情が恋であると気がついていない。相方に恋愛感情は抱かないと言い切ったことが楔《くさび》になっているはずだ。

「……もう。さっきから何で黙ってんの！　もっと構えよぉーアホー」

それならば、俺から刺激を与える理由もない。結羅の怒りをいなしながら、まだ結論を出すときではないと自分を納得させた。


十月末日に迫る西院祭を前にして、教室内に渦巻くボルテージは早くも最高潮に包まれていた。飛び交うボケ。被《かぶ》せられるツッコミ。教卓横に立つ我らが瀬音。ホームルームの時間を費やして出し物を話し合っているのだが、ふざける男子のせいで収拾がつかない様子だ。

「み、みんなぁ……真面目に考えてよぉ」

瀬音の隣に立つ荒川《あらかわ》が、眼鏡のレンズをワイシャツの裾で拭きながら困惑している。西院祭の実行委員男子代表として、生贄《いけにえ》投票の名の元に白羽の矢を立てられた生徒だ。本来なら俺が瀬音の隣に立つべきなのだが、実行委員に精を出す時間など存在しない。

「今のところ、メイド&執事喫茶が有力候補だけど」と荒川が仕切り直す。その他の候補が『人間ドクターフィッシュ』や『ドキッ、男だらけの大奥』など、投票に値する案ではないので実質は一択である。このままいけば、瀬音のメイド姿が拝めるかもしれない。俺が瀬音の英国メイド姿を想像していると、視界の端で金髪がうごめいた。

「ハルは何も案を出さないのかい？」

綿貫《わたぬき》である。すでに教室内は休み時間の様相を醸《かも》し出しているので、席を離れても咎められることはない。

「俺は漫才ができればなんでもいいからな。それに、瀬音のメイド姿は是非とも拝みたい」

「メイド喫茶かあ。瀬音さんが他校の生徒にナンパされちゃうかもしれないよ？」

「知ってるか綿貫。この学校では、日本国憲法が適用されない」

「犬鳴村の方法で殺人を示唆しないでくれよ」

やれやれといった調子で、綿貫が目を瞑《つぶ》る。その後も軽口を叩《たた》き合っていると、いつの間にかクラスの出し物はメイド&執事喫茶で決定していた。

「はい、じゃあ明日以降のホームルームでは衣装の調達手段や内装コンセプトなどを決めようと思います」と、荒川が話をまとめる。さっきから瀬音は一言たりとも発しておらず、小さな頭をわずかに上下させるばかりだ。

「……なんで、立候補したんだろう」

瀬音《せおと》が笑わない理由は、瀬音の母親——今井まいこ——の死と繋《つな》がっている。母親が健在だった頃から、よく劇場に足を運んでいたと言っていた。その習慣は今でも残っており、笑うことに罪悪感を抱いているにも拘わらず、笑いを求めて劇場に通っている。矛盾しているが、背景を知れば理解はできる。西院祭の実行委員に立候補したのも、何かしらの理由があるはずだ。ぼんやり瀬音を眺めていると、急に振り向いた志摩《しま》と目が合ってしまう。

「おい、市井《いちい》」と、志摩がゆっくり迫ってきた。

「お前、漫才の大会に出たって本当か？」

「なんだよいきなり……それがどうかしたのか？」

「昼休みに、先輩達がネタにしてたからな」

「ネタ？」

「いや、俺は同調してねぇけどよ……胸糞《むなくそ》悪かったんだよ。それで、その、なんつーか。お前の相方は大丈夫なのかなって」

志摩は言い出しにくそうに、視線を横に外した。胸騒ぎが徐々に大きくなる。俺はいてもたってもいられなくなり、結論を急《せ》かした。

「まさか、結羅《ゆうら》と関係してるのか？」

「ああ……二年生の誰かがお笑い好きなんだろうな。ご丁寧に、一回戦落ちのコンビもチェックしていたらしい」

言葉を選びながら志摩が語る。その結末は大方察しがついた。

キングオブマンザイの結果は、プロ・アマ問わず公式サイトに顔写真と共に張り出される。俺達を発見した当人がどう受け取ったかは定《さだ》かでないが、お笑いに興味がない人からすれば、一回戦落ちは嘲笑の対象になるかもしれない。校内一の奇人であれば、なおさらだ。

気がつけば、駆け出していた。

綿貫や志摩の制止を振り切り、二年生の教室が並ぶ二階へと向かう。結羅のクラスは知らないが、窓から覗けばすぐにわかる。一組、二組と確認するが、結羅の姿はない。息を切らしつつ三組を確認すると、ようやく結羅の姿を認めた。

窓際《まどぎわ》の席、退屈そうな姿勢で外を眺めている。こちらから表情は窺えないが、心なしか落ち込んでいるように見えた。俺は挨拶もせずに教室に乗り込み、結羅の席を目指す。

「おい、誰だ君は」

教師の注意で教室中の視線が俺に集まる。

一瞬の間を置いて、結羅の顔がこちらを向く。

「……ハルくんじゃん、どしたの。教室間違えた？」

「結羅。今からネタ合わせでもしようぜ」

「へ？　まだ授業中だよ」

などと言いつつ、結羅の目元が嬉《うれ》しそうに下がる。俺は結羅の手を引き、ゆっくりと立ち上がらせる。先生も先輩達も、突然すぎる出来事に声を失っているようだ。俺はこれ幸いと教卓の横に向かい、先輩達の顔面を見回した。

「——って訳で、結羅は早退します。あと、今日俺達を馬鹿にしていた奴《やつ》ら」

乱暴な口調を意識した瞬間、先輩達の視線に反感の意が込められた気がした。だが、ここは学校。舞台ほど緊張しない。それに、ここで弱気になるわけにはいかなかった。

「西院祭《さいいんさい》で横隔膜ねじ切るくらい笑わせてやるから、今に見とけ」

俺は臆することなく宣戦布告する。踏み出すこともせずに、安全圏から挑戦者を嘲笑《あざわら》うヤツらが許せなかったから。しんと静まりかえる教室の空気をたっぷり堪能《たんのう》してから、改めて結羅に向き直る。

「行くぞ」

結羅の手を握り、湿りきった空間から飛び出す。廊下を踏む足音が規則正しく響き渡る。

なんだか青臭い映画のワンシーンみたいだが、不思議と心地よかった。

「あーあ。あんなに敵を作ってどうすんだぁ？」

嬉しそうに駆ける結羅が、やんわりと苦言を呈してきた。

「結羅の人生は間違いじゃないと証明するって言っただろ。嘲笑うヤツなんて最初から敵だ」

「なにそれ。私は舞台上の評価以外は気にしないって言ってるじゃんか」

弾む息と愉快そうな声。けれど、反論せずにはいられなかった。

「それは、俺とコンビを組む前の話だ。今の結羅はあまり強くない」

「えっ、そんなこと……」

「なんでも一人で抱え込むなって言ったよな」

俺は念を押すように告げる。これまで人と接してこなかった結羅は、頼り方だって知らないはずだ。こうして手を差し伸べなければ、本心をさらけ出せやしない。

「あー、やっぱバレちゃいますか」

観念したような声が耳に届く。階段を前にした俺達は足を止め、息を整える。

出会った頃の結羅はただの奇人だった。理解が及ばず、生ける厄災のようなポジションだった。けれど、結羅とコンビを組み、接すれば接するほど印象は変化していった。

中屋敷《なかやしき》結羅は、年相応の願望や、等身大の弱さを垣間見せる、普通の女の子なのだ。

「……実はね、結構落ち込んでた。最近はお笑い以外のことも考えちゃうから、現実逃避できなくなってるのかも。でもさ、ハルくんの顔を見たら、なんだかどうでも良くなっちゃった」

結羅が俺の手から離れ、踊り場でくるりと回転する。窓から差し込む光が長い髪に落ち、鏡のように輝く。右手に残る結羅の体温が、いつまでも離れてくれやしなかった。

早退した俺達はそのまま鴨川へと向かい、夕方までネタ合わせをした。もう少し合わせたかったが、アルバイトは無視できない。出勤前に軽食でも食べようかと河原町《かわらまち》を彷徨《さまよ》っていると、高瀬川《たかせがわ》の近くで楽器を背負った綿貫と志摩に出くわした。こちらに気がついた綿貫はいつものスマイルを張り付け、志摩は得体の知れない汁を飲み下したように顔を歪《ゆが》めている。

「おや、ハルと中屋敷先輩じゃないか」

昼間の騒動など意に介さない様子だ。深くは詮索しない心づもりなのだろう。俺も調子を合わせることにする。

「おう、こんなところで何してるんだよ。弾き語りでもするのか？」

「まさか。僕はベースだよ？　今からバンドで集まってスタジオに行くんだよ」

綿貫がそう言うと、志摩は小馬鹿にした様子で鼻を鳴らした。高瀬川に突き落としてやろうかと思ったが、昼間の恩に免じて許してやる。こいつにしては、俺と結羅に気を遣った言動だった。しかし、借りを作るのは癪《しゃく》なので、今のうちにお礼を伝えて帳消しにしておかねばなるまい。

「なあ志摩や。昼間はありがとうな」

「……はぁ？」

「いや、俺と結羅のことを心配してくれたんだろ？　だから礼は伝えておく」

不本意ながら感謝を口にすると、志摩が「か、勘違いすんなよ」とツンデレのジャブを放ってきやがる。あまりの不快感に身の毛がよだちまくったが、なんとか真顔を取り繕う。

「よく聞けよ市井。俺は、お前も変人の先輩も嫌いだ。ただな、本気でやってる人間を笑う奴らが一番嫌いなんだよ」

だからお前らを心配した訳ではないと、重ねて否定される。こんなところで気が合うなんて、つくづく不愉快なヤツである。俺はそうかと頷《うなず》き、間を置いてから返事を告げた。

「安心しろ。俺も志摩が嫌いだ。だがな、嫌いな人間相手でも感謝はする」

「ああ、そうかよ」

「……喜べ、今日はリップクリームを持参している」

「はぁ？」

「ご褒美《ほうび》にキスでもしてやろう」

「お前のそういうところが嫌いなんだよ！」

志摩が中指を立ててきたので、優しくそっと包み込んでやる。

「ああ、触んな気色悪い！　さっさと消えろ！」

「言われなくても今からバイトだ。じゃあな綿貫」

「うん、また明日」

「──俺を挟んで会話するな！　クソ、何もかも気に食わねえなお前は！」

がなり立ててくる志摩を一瞥《いちべつ》し、結羅に視線を移す。なんだか妙にニコニコとしている。

「なんだよその笑顔」

「いや、仲がいいねぇと思ってさ。喧嘩《けんか》するほどってやつでしょ、完全に」

結羅が人差し指で肩を突《つつ》いてくる。なんだか旗色が悪そうなので、無言を貫くことしかできなかった。

釈迦戸《しゃかど》書房でのアルバイトを終え、桂《かつら》駅付近で結羅と別れた帰り道。ここ数日は瀬音と会話を交わしていない事実に気がついた。かねてより継続していた馬鹿騒ぎも休止となれば、いよいよ接点が薄れてしまう。俺はスマホを取り出して、当《あ》たり障《さわ》りのないメッセージを送ってみた。

『お疲れ様。実行委員は順調か？』

送信を終えてポケットにスマホを戻した瞬間、太ももが震える。再びスマホを取り出すと、画面には『たいへん』とだけ表示されていた。相変わらずの短文である。外部のゲストも呼ぶらしいので、様々な工程を同時進行でこなしているのだろう。瀬音はなぜ実行委員になったのだろうか。ちょうどいいタイミングだったので、疑問をぶつけてみる。

『入学時から実行委員に立候補していたって聞いたけど、理由があるのか？』

何かしらの思惑が隠れていそうだが、瀬音の返信はあっけないものだった。

『じきにわかる』

悪巧みをするラスボスみたいな物言いである。ここで問い詰めても答えは出ないのだろう。俺が『じゃあ楽しみにしてる』と返信すると、痩せた猫が親指を突き立てるスタンプが返ってきた。あまりのブサイクさに、思わず笑ってしまう。

「なんだこれ、歯ボーイといい勝負だな」

最近はあまり登場しないキャラクターに思いを馳《は》せ、自宅への道をゆっくりと歩く。瀬音への連絡にも慣れてきたのか、あまり緊張しなくなった自分がいる。視線を落としてもう一度猫のスタンプを眺めていると、別の通知が画面上部に表示された。どうやら送り主は結羅《ゆうら》のようだ。

『みてみて、野生のチキン南蛮』

添付されていたのは、道端に放置されたコンビニ弁当の写真だった。

『なんだよそれ』

『知らない、落ちてた。今来たら拾えるかもよ』

『いらんわ』

ぴしゃりと断り、スマホを閉じる。最近の結羅は、お笑いとは関係のない連絡も送ってくるようになった。日常会話の延長線みたいな気軽さで、案外楽しかったりする。心の底がじんわり温かくなるのを感じながら、自宅までの道のりをゆっくりと歩く。住宅街を包む夜の空気はなんだか透き通っていて、秋の訪れを予感させた。

十月ともなれば、校舎内は西院祭ムード一色に包まれる。校内を一周すれば、演劇の練習に励む生徒があちこちで散見される。屋上や中庭といった人気スポットは勿論《もちろん》、廊下の突き当たりや階段下の薄暗いスペースなど、普段は人気《ひとけ》が少ない場所でも生徒が固まっている。俺と結羅もその例にもれず、校内でネタ合わせを行っていた。

一時間ほど練習していると、瀬音《せおと》が報告と共にやってきた。

「マジックアワー、野外ステージになっちゃった」

少し申し訳なさそうに言葉を添えて。実行委員の会議を終えたその足で、来てくれたようだ。

西院祭ではステージが二つ設けられる。体育館の舞台と、校庭に設けられる野外ステージだ。野外ステージでは主に、バンド演奏やクイズ大会が行われる。本来であれば、漫才の演目は体育館に割り振られる。しかし、今回は演劇を希望する生徒が多いらしく、タイムテーブルや転換の兼ね合いで俺達は野外ステージに割り振られてしまったようだ。通達を耳にした結羅は、瀬音の両肩を摑《つか》んでぶんぶんと揺らし始めた。

「瀬音ちゃん、それ……本当に言ってる？」

「はい。残念ながら」

瀬音の頭が前後に揺れる。このままだと首が落下しそうだったので、慌てて結羅を止めた。

「落ち着け。外だと何か問題があるのか？」

事態が飲み込めない俺は、ひとまず質問した。マイクを通せば、室内も屋外も変わらないのではないか。そう思ったのだが、すぐに甘い見通しだと気付かされる。

「室内と違って声が反響しないし、お客さんとの距離感も掴みづらい。西院祭レベルの野外ステージって、音響効果や視覚効果が一切配慮されていないと思うの。音響トラブルが発生する可能性もあるし」

「音響トラブルか。それは嫌だな」

「嫌なんてレベルじゃないよ。空気が一気に冷めちゃうんだから。そのうえ、お客さんの質だって違う。キングオブマンザイのお客さんは重かったけど、前提としては笑うために来てた。でも、西院祭《さいいんさい》のお客さんは全員が真剣に見てくれるとは限らない」

「トラブルがあれば尚更《なおさら》ってか」

「そう。しかも、私達の印象はマイナスからのスタートだからね」

結羅の唇から紡《つむ》がれた言葉が、実感を伴って胸の底に落ちていく。環境に対する戸惑いや恐れが破滅に繋《つな》がるのは、キングオブマンザイの予選で身をもって経験している。

思考が加速して、一気に不安が押し寄せてきた。

「私も二人には体育館で漫才をしてほしかったんだけど、駄目だった」

瀬音が目を伏せながら、さきほどよりも申し訳なさそうに呟《つぶや》いた。

「ま、まあ。瀬音ちゃんのせいじゃないよ。大丈夫ッ！」

結羅が瀬音に飛びつき、舐《な》め回すんじゃないかと心配になる勢いで頬擦りを浴びせた。ぐりぐりと、瀬音の頭部が左右に揺さぶられる。俺がいつものように結羅を引《ひ》っ剝《ぺ》がすと、瀬音は肩で息をしながら言葉を続けた。

「……でも、良いお知らせもある。西院祭のゲストに、うらるショットガンを呼べちゃった。同じ漫才だし、野外ステージでやってくれるみたい。うらショ好きだったよね、市《い》井《ち》」

瀬音が首を傾《かし》げて問いかけてくる。祇園風月《ぎおんふうげつ》で出会った日、たしかに俺はうらるショットガンのネタを絶賛していた。けれど、今となっては敵に等しい存在である。

おそるおそる結羅の様子を窺《うかが》うと、すでに瀬音へ詰め寄っていた。

「まって、西院祭のゲストって、春頃からスケジュールを押さえてなきゃ駄目だよね……？」

だが、滲《にじ》み出た感情は怒りではなかった。歪んだ表情からは焦《あせ》りが見て取れる。

対する瀬音は無表情を貫いたまま、淡々と返事を口にした。

「はい。だから私が入学してすぐ、実行委員に立候補しました」

「え、うらショを呼ぶためだけに？　てか、なんで？　どうやって？」

「あの二人とは知り合いなので。それと……」

瀬音の瞳に影が落ちる。初耳ではあるが、今井《いまい》まいこを接点にすれば繋がってしまう。

上別府《かみべっぷ》さんは、瀬音の母親——今井まいこ——にお世話になったと言っていた。家族ぐるみの付き合いがあったのかもしれない。

俺達が呆気《あっけ》に取られていると、瀬音はくるりと背を向けた。

「お母さんへの餞《はなむけ》だから、です」

表情は窺えない。けれど、その声はたしかに震えていた。

「瀬音ちゃんって、どうやってうらショの二人と知り合ったのかな。そもそも餞って、どういうことなんだろう」

釈迦戸《しゃかど》書房で書籍を整理していると、結羅が突然問いかけてきた。いつか来ると覚悟していたが、とうとうこの日が訪れた。口止めされているわけではないが、瀬音のトラウマに結びつく極めてデリケートな話題だ。ペラペラ話すのは気が引ける。

俺が返事を選んでいると、結羅がぬっと距離を詰めてくる。

「さては貴様、何か知ってるな？」

「いや、何も知らな……グエッ」

結羅が俺の首を摑み「吐けこのやろう」と揺さぶってきた。

気管が絞まり、文字通り吐き気が襲ってくる。

「なにも……じらな、い」

「吐くまで続けてやるからな！」

気になって仕方がないのか、結羅は諦める素振りがない。このままでは死んでしまう。

俺は結羅を振りほどき、息を整える。

「ねえハルくん、教えてよ。瀬音ちゃんは、私にとっても大事な友達だから……何かを抱えているなら、知っておきたいの。迂闊《うかつ》なことを言って、傷つけたくないもん」

今度は打って変わって真面目な顔で懇願してくる。そう訴えられると、無下にはできなかった。瀬音に対する罪悪感は残るが、結羅が地雷を踏む確率はたしかに減るだろう。

「……はぁ、わかったよ。誰にも言うなよ？　瀬音の母親は、今井まいこだ」

結羅が停止する。やがて思考が追いついたのか、うえっと大きな奇声を発した。

「待って待って。意味わかんない！　瀬音ちゃんのお母さんが今井まいこ？　名字違うじゃん！　本当に、あの人の娘なの⁉」

冷静さを欠いた結羅が、再び俺の首を狙ってくる。名字はさすがに芸名だろうとツッコミを入れたかったが、息が吸い込めず言葉が言葉にならない。

本格的な死をも覚悟したところで、結羅がようやく手を離してくれた。

「ご、ごめん、ちょっと色々と整理させて……」

結羅は眉間をぐっと中央に寄せて、考え込む素振りを見せる。それから少し間を置いてから、重々しく言葉を発した。

「瀬音ちゃんが笑わない理由って……過労死の件と関係してる？」

「……ああ。母親の活躍を望んだ瀬音は、自分が死に追いやったんだと負い目を感じてる。だから、笑うことに対しても罪悪感があるみたいだ」

「……なるほど、そんなことないのにね。じゃあ、うらショとは思ってる以上に繋がりが強いのかも。お世話になってたらしいし、瀬音ちゃんのことも知ってるはず」

笑顔を我慢する瀬音の様子を看破したように、結羅は鋭い一面を時折のぞかせる。今井まいこのファンなだけあって、様々な情報が結びつくのだろう。

「あれ？　でも、劇場に通いだしたのは最近だって言ってたような……」

「それは嘘《うそ》らしいぞ。結羅に気付いてほしくなかったらしい」

「え、なにそれ。傷つく感じのやつ？」

結羅が泣きそうな顔になったので、仕方なく順を追って説明する。

瀬音が、結羅から今井まいこの影響を察したこと。詮索を避けるために嘘をついたこと。

母親が過労死した原因は自分にあると思い込んでおり、もはや呪縛と化していること。身体《からだ》に痛みを与えて笑いを我慢していること。それでも瀬音は笑いを求めており、矛盾した行動に歯止めが利《き》かなくなっていること。

知り得た事実と憶測を語り終えると、結羅はううと唸《うな》り声をあげた。手にした書籍は何度も同じ場所に出し入れされ、明らかな動揺が見て取れる。

「……じゃあ、祇園風月に居たのも偶然じゃなくてさ、お母さんの影を追ってたんだ」

「そうかもな。まあ、うらるショットガンの二人が招待した可能性もあるけど」

「あの二人がするかな？　上別府さんに赤色の血が流れてるとは思えないんだけど」

ぎろりと睨《にら》まれる。予選会場での一件を根に持っているようだ。俺はどうどうと宥《なだ》めてから、忘れてはいけない事実を一つだけ付け加えた。

「ただ、瀬音は俺達の漫才を心から楽しみにしている。特に、結羅がどんな笑いを見せてくれるのかを」

「え、ホントに？」

結羅の表情が一転して柔らかくなる。俺は大きく頷《うなず》いてから、瀬音の言葉をそのまま引用した。

「結羅先輩のノリは苦手だけど、あの人が本気で魅せる漫才は観《み》たいって言ってたから」

「……ぜ、前半部分は伝えないのが優しさだと思う」

「会うたびにスケベスキンシップを浴びせてるんだぞ？　無理もないだろ」

「もしかして、私って距離感を間違えてる？」

「俺との出会いを思い出してみろ」

記憶の海を遊泳したであろう結羅が、顔を真っ赤に染めてぷるぷると震え出した。

「ね、ねえハルくん。強い衝撃を与えたら全部忘れてくれるよね？」

「やめろ。右手に掲げた京極夏彦《きょうごくなつひこ》のサイコロ本を下ろしてくれ」

「だってさぁ！　ちょっと勘違いしてたうえにテンションもおかしかったけど、あんなの痴女みたいじゃんか！」

「水着で教室に来たくせに何をいまさら」

「それも今思えばちょっと恥ずかしいんだけど！　忘れろッ！」

振り下ろされた結羅《ゆうら》の手首を掴み、必死に耐え凌《しの》ぐ。そこから数分間の押し問答を経て、なんとか古書店殺人事件を未然に防いだ。厳しい戦いだった。俺が再び息を整えていると、結羅が溜息《ためいき》まじりに呟いた。

「これから瀬音《せおと》ちゃんとどう接すればいいんだろう。私にお母さんの影を見ちゃうなら、近づかないほうがいいよね」

うじうじと悩みはじめた結羅の頭頂部に、ゆるいチョップをお見舞いする。

「いだっ」

「距離感が極端すぎる。今井まいこの話題は避けて、あとは普通に接すればいいだろ」

「でも……」

「対人関係においては、俺のほうが経験豊富だ。信じろ」

「ハルせんぱぁい……」

うるうるした瞳が俺を捉える。俺もまた桜優《さゆ》との距離感に苦悩している最中なのだが、ここは一日《いちじつ》の長《ちょう》があるように振る舞わせてもらおう。

西院祭《さいいんさい》に向けたネタ合わせに加え、スキルアップのため色んな芸人の動画を視聴し、ツッコミの間や声量を取り入れる日々が続く。もちろん高校もアルバイトも休めないので、自然と睡眠時間が減っていく。だが、今が頑張り時である。

本日も無事にアルバイトを終え、あくびをしながら桂《かつら》駅のホームに降り立つと、ベースを背負った綿貫《わたぬき》と鉢合わせた。

俺と結羅を見つけるなり、いつもの笑顔を湛《たた》えて軽く手を振ってくる。

「おつかれ二人共。今日もアルバイトかい？」

「おう。綿貫はスタジオ帰りか？」

「そうだよ。西院祭以外にも、ライブの予定が舞い込んでいるからね」

俺はほーんと相槌《あいづち》を打つ。順調そうで何よりだ。

そう言いたかったのに、なぜか言葉が出てこない。

「西院祭さ、綿貫クンのバンドも野外ステージだよね？」

「はい。僕達の出番はマジックアワーのひとつ後ろだと思いますよ」

「え、もうタイテ出てるんだ」

「さっき志摩《しま》が言ってただけなので、まだわかりませんが」

結羅と綿貫が歩きはじめたので、俺は無言で追従する。

改札を抜けると、湿った空気に前髪を乱された。

「あ、私こっちだから。ばいばいハルくん、綿貫クン！」

俺が前髪を整えていると、結羅が慌ただしく去っていく。躍るように揺れる後ろ髪を見届けてから、俺と綿貫も再び歩き始める。疲れからか、言葉が出てこない。つかつかと足音を夜道に響かせていると、綿貫が含みたっぷりな口調で問うてきた。

「中屋敷《なかやしき》先輩に、いい刺激を受けてそうだね」

「突然だな」

「いいや、最近のハルは活《い》き活きしているからね」

「まあ、毎日楽しいのはたしかだな」

俺が素直に白状すると、綿貫はいつもの笑顔で「そうかい」と頷いた。そして。

「でも、早くどちらかを決めなきゃいけないと思うな」

「……は、はぁ？　どういう意味だよ」

「胸に手を当てて、しっかり考えるといいさ。じゃあね、また明日」

不穏な言葉を残し、綿貫も去っていく。

なんだかすっきりしないまま帰宅すると、二階に向かう桜優と玄関先で鉢合わせてしまう。結羅が家に来た日から一切会話がない。俺が反射的に身構えると、桜優は鼻を鳴らして二階へと去っていく。なんてことはない、ありふれた兄妹《きょうだい》のすれ違いだ。

俺はそのまま風呂《ふろ》場に向かい、脱衣所で制服を脱ぎ散らかしてシャワーを浴びた。粘つく汗を流しても、心の中まではすっきりしない。綿貫の言葉の真意も、桜優の態度も、西院祭の漫才も、何もかもが不安になってくる。泡立たない頭皮にシャンプーを足しながら、全てを振り払うようにネタを唱える。

「どうも、マジックアワーです」

苦渋を味わったあの日から、幾度となく口にした摑《つか》みの部分。期間じゃなくて密度を重視し、徹底的に身体へと叩《たた》き込んだ。学校でも、釈迦戸《しゃかど》書房でも、結羅と居るときは絶えず練習を重ねてきた。それなのに。

「これで大丈夫なのか？」

客席から放たれた視線が蘇《よみがえ》り、桜優の瞳と重なり合う。

俺はおそらく、舞台で真価を発揮するタイプの人間ではない。学校で馬鹿騒ぎを繰り返しても平気だったのは、恋の副作用と男子ノリが混ざりあった行為だからだ。考えれば考えるほど、足元が崩れるような恐怖に襲われる。大喜利イベントでも、キングオブマンザイの予選会場でも、結局俺は何もできなかったのだ。

皆は凄《すご》いのに、自分だけが遅れている気がする。

けれど、結羅の人生を預かる以上、失敗は許されない。

些細《ささい》な事に気を取られている暇なんてないんだ。

身体を洗い終えて風呂場を出る頃には、胃がきりきりと悲鳴を上げていた。

「ハールーくーん、また同じとこでネタ飛ばしてるじゃん」

指摘と共に、結羅がこちらに顔を向けた気配がする。俺達は釈迦戸書房のカウンターに並び、本日もネタ合わせを行っている。だが、俺は同じ部分で思考が固まる初歩的なミスを犯し続けていた。

「どしたの、最近ヘンだよ。なんか、もごもごしてる」

「ああ、すまん……」

「もしかして、一週間ずっとミノ噛《か》んでたりする？」

「だとしたら生きるのが下手すぎる」

俺は否定しつつ、ここ最近感じていたプレッシャーを打ち明ける。

「西院祭のことを考えると、ちょっとナーバスにな」

「んー、どうかしたの？」

「何かあったわけじゃないけど……」

俺の言葉を切るようにして、結羅がいきなり顔を近づけてくる。

「ハルくんさ、ちゃんと寝てる？　クマすっごいよ？」

「いや、なんか最近は寝付けなくて」

「……ネタ合わせはこの辺にして、ちょっと話そっか。私の失敗談でもしたげよう」

結羅が明るい調子で声を発した。いきなり何を言い出すのかと訝《いぶか》しみ、結羅へ視線を流す。翡翠《ひすい》色の大きな瞳は、俺の内心を見透かすように輝いている。

「……私は基本的に、何かの役に成り切ったネタが得意なんだけどね。一つだけ大失敗したネタがあるの」

ぽつり、自白のようなテンションで紡《つむ》がれる言葉。

「それはね、漫才師のネタ。私には演じきれなかった」

俺は頷きつつ、内心で驚愕《きょうがく》していた。漫才師といえば結羅の真骨頂なのではないか。

「ずっと一人だったから、コンビの気持ちが理解できなかったんだろうね。悩みを語ったり、本音をぶつけあったり、時にはケンカしたり。そういう関係性が、どうしても空想上の存在だったからさ。リアルな空気を売りにした芸風なのに、肝心なリアリティが足りてなかった。地下ライブのお客さんって内輪ノリで笑うことも多いけど、基本的に目は肥えてるの。だからまったく通用しなかったなぁ」

あはは、と乾いた笑いが聞こえてくる。

「でも、今の私は一人じゃない。ハルくんが居る。大事な相方が隣に居る。たださぁ、相方って漫才をするだけの関係じゃないんだよね？」

結羅が立ち上がる気配がする。小柄な影がにゅっと伸び、俺に覆《おお》い被《かぶ》さる。

咄嗟《とっさ》に首を巡らすと、結羅が俺を見下ろしていた。

「……そうだな」

「じゃあさ、もっと頼ってくれてもいいんじゃない？」

鋭く放たれた言葉が、喉元に突き立てられる。

「私だって、ハルくんの隣に立ちたいんだよ？」

熱を帯びた言葉が、俺の全身に突き刺さる。結羅は瞳を大きく揺らしながら、俺の両頬を乱暴に摑む。鋭い眼光がぐっと間近に迫った。

「おいハルくん。こっち見ろ」

頭ごと固定され、視線が外せない。頬に食い込んだ結羅の爪は、小刻みに震えている。

「私はずっとずーっと隣に居たんだぞ？　頼れよう。一人で背負い込むなって言ったくせに、そっちの荷物は私にくれないなんて酷《ひど》いよ。全部ここで吐いちゃえよッ」

両頰を押しつぶされているので、上手《うま》く言葉にならない。けれど、結羅は手を離す気も、身体《からだ》を離す気もないらしい。俺は観念して、そのままの状態で不安を口にした。

感情が堰《せき》を切ったように溢《あふ》れ出す。

「成功するビジョンが見えないんだ。何度想像しても、失敗する想像ばかりしてしまう。そんな不安を払拭《ふっしょく》するために夜遅くまで勉強してるんだけど……調子が上がらなくて」

紡いだ言葉のひとつひとつを、結羅はしっかりと受け止めてくれた。どれくらい時間が経《た》ったのだろうか。入口のガラス扉から見えた高倉通《たかくらどおり》には、夜の帳《とばり》が下ろされていた。

「……そっか。お笑いに関しての成功体験がないまま舞台に上がらせちゃってるもんね。そこは私の配慮不足だったかも」

結羅《ゆうら》は俺から手を離し、後方にあった丸椅子を片手で引き寄せながら腰を下ろす。

「地下ライブで場数を踏んだほうが良かったよね。ごめんね、怖かったよね？」

「そうだな……。正直、まだ怖い。でも漫才がしたいのも事実なんだ。結羅にツッコミを入れたときの感動が忘れられないんだよ。俺はどうすれば——いや、どうしたいんだろう」

縋《すが》るように結羅を見やる。

こちらを案じながらも、挑発するような視線。あのときと同じだった。

一度目の失敗、大喜利イベントで舞台から投げかけられた視線。

そこで味わったのは羞恥心だけではない。客席の笑顔、煌《きら》めく照明。一瞬の出来事が魔法のように切り取られている。忘れない、忘れられない。目を閉じても意味なんてないくらい眩《まばゆ》い光。

ああ、そうか。

俺は結羅のためだけではなく、自分のためにも漫才がしたかったのだ。ノリと惰性で日々を過ごし、場当たりの行動しかできなかった日々。綿貫や志摩といった、同年代に対する劣等感。

それらをすべて、お笑いでひっくり返したかったのだ。

結羅の手が、俺の頬にふたたび伸ばされる。

「そもそも私、ハルくんの想像に収まっちゃうほど小さくないけどなー？」

優しく、包み込むような感触が両頬に伝わる。

「失敗のビジョンなんてさ、私が全部ぶち壊してあげる。ハルくんは思い切り失敗すればいい。お客さんの目が怖かったら、慣れるまでは私だけ見ればいいんだよ。西院祭はリベンジの場だけど、まだまだ道の途中だもん。ひとつずつ、できることを一緒に増やしてこ？」

言葉のひとつひとつが、胸の奥に広がった闇を照らし始める。

俺の失敗は、きっと結羅が取り返してくれる。そして結羅の失敗は、俺が取り返す。

俺はそうやって、結羅と漫才がしたい。諦めたくない気持ちも、周囲を見返したい気持ちも、ぜんぶ嘘《うそ》じゃない。

「だからさ、もっと笑おうよ。まずは私達が楽しまなきゃじゃん！　それに……」

結羅がふにゃりと笑う。温かい息が肌に触れる。

結羅の言葉が腑《ふ》に落ちた途端、心がすっと晴れ渡り、凪《な》いだような静けさが戻る。

「──ハルくんが私の人生を肯定してくれるなら、私はハルくんの人生を照らしたげる」

結羅の隣に立ちたかった俺と、俺の隣に立ちたかった結羅。

二人で歩む道は、もう暗くなかった。


西院祭《さいいんさい》の本番が近くなり、至る所で準備が行われるようになった。模擬店の設営や看板の制作、買い出しや劇の練習などで賑《にぎ》わっており、喧騒《けんそう》に包まれた校内は歩くだけでもテンションが上がる。今年の西院祭のテーマは『自分たちで描く青』らしく、例年よりも生徒の自主性を重んじているようだ。その影響もあってか、準備期間も長めに設けられている。

俺と綿貫《わたぬき》は、西院祭の実行委員に書類を渡すべく非日常の校内を歩く。

「実行委員会の本部は三階西側の空き教室だ。いやはや、僕達一年生の教室とは真逆の位置だし、瀬音《せおと》さんも大変だねぇ」

綿貫はどこか演技がかった口調で、俺に言葉を投げてくる。

「小さな身体で、あちこち走り回ってるもんな」

「相変わらず、よく見てるんだね」

「当たり前だろ。俺は瀬音が……」

そう言いかけた瞬間、教室から飛び出してきた一年生とおぼしき女子生徒とぶつかってしまう。相手が尻もちをついたので、慌てて手を差し伸べた。

「大丈夫か？」

「えっと、ごめんなさい。ありがと……」

俺の顔を認めた女子生徒が、ぴたりと固まる。

「うわ、乳首相撲の横綱じゃん。最低。謝って損した！」

そして浴びせられる罵声。まあ、校内での女子人気はこんなものである。瀬音へ特攻していた期間は毛ほども気にならなかったが、今となっては短絡的な愚行だったと痛感する。

女子生徒が走り去ると、綿貫は嘆くように「酷いねぇ」と言った。

「まあ、慣れてるけどな」

俺が笑顔で返すと、綿貫は眉をひそめる。

「元を辿《たど》ればハルの自業自得《じごうじとく》とはいえ、あの子の態度は目に余るよ。注意してこようか？」

「いや、いいよ。それに、西院祭が終われば俺への評価が変わるかもしれないし」

「……へぇ。えらい自信じゃないか」

「いや、自信はあんまりないんだけどさ」

脳内に蘇《よみがえ》るのは、大喜利イベントでペンを走らせる結羅の姿。瞳の奥で炎がゆらいでいるのに、口元だけは緩みきったあの表情。真剣で、心底嬉《うれ》しそうで、見ているこちらまで笑顔が伝播《でんぱ》するような。

「俺達が楽しそうにしていれば、観客も楽しんでくれるかなって。そうしたら、乳首相撲の横綱から高校生漫才師にランクアップだ」

綿貫達の演奏だってそうだ。音楽に疎《うと》い俺でさえ、頭を空っぽにして熱量が渦巻く空間に没頭できた。

それに対して俺はどうだったか。楽しんでいたのか。瀬音の前で行う馬鹿騒ぎだって、半ば惰性で続けていたのではないか。

——俺達みたいにはなるなよ。

先輩芸人に舞台袖で言われた言葉は、何もキングオブマンザイだけに限らない気がする。初心を忘れ、精神が摩耗して、楽しませることを楽しめなくなってしまったら、笑い一つ取れなくなるのだろう。

「勿論《もちろん》ふざけるのは論外だけどな。真剣に、誰よりも漫才を楽しんでやる」

「……君は本当にハルか？　誰かに操られていないかい？」

「なんだよ失礼だな。乳首プロレス・秋のエキシビションマッチにお前を巻き込んでやってもいいんだが。今なら『魅惑のパンティ♡マスク』の枠が空いてるぞ。みっちり稽古してやる」

「僕が悪かったから、どうか勘弁してくれないか」

お手本のような土下座を披露されたので、許してやる。

「さ、早く実行委員に申請書を届ける大役を果たしに行くぞ」

俺は片手に持った封筒をぺらぺら揺らしながら、再び歩を進める。三階へ向かう階段にも生徒が溢れており、階段の角度を利用して大きな看板をこしらえていた。俺達は右端の空いた部分を選びながら階段を上がる。

ふと、綿貫が声を発する。

「邪魔が入ったから改めて聞きたいんだけど、ハルは今でも瀬音さんが好きなのかい？」

「なんだよ、言うまでもないだろ」

綿貫の質問をいなしながら、実行委員の拠点を目指す。無言の間が続く。中々返答を寄越してこないので、後ろを歩く綿貫を見やる。最近の綿貫の言動には、意味深な響きが内包されている。

「なんで、そんなことを聞くんだ」

「そりゃあ、親友だからね」

「気味悪いな……何を企んでる」

おそるおそる口にすると、綿貫は憂いを帯びた表情で静かに呟《つぶや》いた。

「……僕はハルの親友だ。けれど、志摩《しま》の親友でもあるんだよ」

綿貫はそう言ったきり口を閉ざしてしまった。教室まではあと数十メートル。はからずも生じた時間で、色んな瀬音を思い出す。

癖のあるアッシュグレーの綺麗《きれい》な髪。色素の薄い眠たげな瞳。少し開いた口。白い首筋。長いスカートと細い脚。市井《いちい》と呼ぶ声。乳首相撲を労《ねぎら》うため俺に駆け寄ってくる姿。好奇心を隠しきれていない身振り。ぴんと伸びた背筋を崩さないまま、京都河原町《きょうとかわらまち》駅の九番出口で待つ姿。ハンカチを取り出す右手。小柄な体型を活《い》かしたお洒落《しゃれ》な服装。意外とご飯を食べるところ。結羅のスキンシップを浴び、助けを求めてくる眼差《まなざ》し。

俺は今も瀬音が好きだ。誰よりも、瀬音の笑顔が見たいと思っている。そう口にすれば済む話かもしれないのに、なぜか言葉にするのが憚《はばか》られる。理由はわからない。けれど、今の俺には発言権が与えられていない気がしてならない。

俺は瀬音が好きだ。好きだったはずなんだ。それなのに、なぜ。

ぐるぐる回り続ける思考の果てには、笑顔で手を振る結羅の姿があった。

辺りはすっかりと日が落ちて、窓から見えるマンションの明かりが夜を曖昧に照らしている。だが、西院祭の前日を迎えた校内はまだまだ賑わっていた。俺も例に漏れることなく、メイド&執事喫茶となる一年二組の改装に追われていた。

男子勢は脚立《きゃたつ》を使い、蛍光灯からドライフラワーをぶら下げる作業の真っ最中だ。

「おい市井、同じ脚立に上がってくんな」

苛立《いらだ》ちを隠そうともせず、真正面からぶつけてくる志摩。せっかくの青春だというのにこれはよくない。一肌脱いでやろう。俺は志摩の耳に向かって桃色吐息を吹きかけてやる。

「あふんッ」

「喜べよ志摩、マイナスイオンだ」

「け、蹴り飛ばすぞテメェ！」

「――ちょっとバカ二人、遊んでないで真面目にやってよ！」

クラスメイトの女子が放った怒声で、俺と志摩は一纏《ひとまと》めにされてしまう。不本意ではあるが、イベント前の女子に逆らっても袋叩《ふくろだた》きにされるのがオチだ。俺は大人しく頭を下げる。

「お前のせいで怒られただろ。さっさと降りろ」

「……なあ志摩。俺って、ふざけて見えるのか？」

「頭からつま先まで、ふざけて見えるな」

何を今更と言いたげな顔で、志摩は俺を睨《にら》みつけてきた。やはり俺の印象はそうなのだろう。事実、さっきはふざけていたのだが、それを差し引いても俺のイメージは根付いてしまっている。このまま舞台に上がってしまうと、漫才を披露する前に評価が決まってしまうかもしれない。

――結局お兄ちゃんはふざけたいだけだったの？

桜優《さゆ》の言葉が脳内で反響する。何か手を打ったほうがいいかもしれない。本能が警鐘を鳴らしている。けれども、取っ掛かりさえ摑《つか》めない。

俺がうんうん頭を抱えていると、クラスの女子が瀬音を交えて最終チェックを開始していた。

「瀬音さん、クッキーの材料が届くのは明日の朝イチだっけ」

「うん。だから朝から仕込める」

「そっか、ありがとう。じゃあ今日やることは終わったし、皆で衣装を合わせてみない？」

「それいいかも！　あ、時間が厳しい人は遠慮なく帰りなよ！」

女子勢がそう宣言した瞬間、教室内がにわかに色めき立つ。衣装、すなわち気になるあの子のメイド姿を合法的に拝める機会である。志摩を見やると、鼻の下をでろんでろんに伸ばしていた。俺もすぐに瀬音のメイド姿を想像してみるが、すぐに別の思考が邪魔をしてくる。

「そうか、衣装だ」

呟きが漏れる。結羅《ゆうら》は以前、漫才師の衣装選びは大事だと言っていた。制服のまま舞台に上がれば普段の俺だが、しっかり衣装を選べば根付いた印象をも覆《くつがえ》せるのではないか。

天啓が舞い降りた俺は、すぐさま結羅にメッセージを飛ばした。

西院祭《さいいんさい》は明日。時間的猶予は一瞬たりとも残されていない。

「悪い、先に帰らせてもらう！」

俺はそう言い残し、教室を後にする。廊下に飛び出したタイミングで、ポケットの中のスマホが振動した。結羅からの着信だ。

『ねえねえ、衣装を今から選ぶってどういうこと？』

「俺達は制服のままだと、漫才に耳を傾けてもらえないかもしれん」

『詳しく！』

俺は校門へと駆けながら、自身が辿り着いた仮説を伝える。

『……ありえるかも。最初から斜に構えちゃってる人を笑わせるのは、プロでも難しいから』

自分達の立ち位置を再認識して、改めて浮き彫りになる問題だった。キングオブマンザイの予選に制服で臨んだのは、俺達にとっての正装だったからだ。けれど、西院祭において制服は制服でしかない。積み重ねたイメージの象徴とさえ言える。ただでさえ俺達は、マイナスからのスタートが余儀なくされているのだ。

『普段とは違うのを、一発でわからせなきゃいけないもんね』

「ああ。結羅は色んな格好で登校していたから、大きな変化はないかもしれないが……」

『上裸でおなじみのハルくんは、しっかりした服を着てるだけで見違えるってことね』

「人を変態みたいに言うな」

『ほぼそうじゃん』

ぴしゃりと切り捨てられる。

「……ちなみに、衣装はセットアップでいいと思うか？」

『うん。てかお金ある？』

母親のような心配をされ、西院駅に向かっていた足が固まってしまう。バイト代が入ったとはいえ、金ならあるぜと大見得は切れない。セットアップはいくらぐらいで買えるのだろうか。無言の意味を察した結羅が、小さく溜息《ためいき》を漏らした。

『わかった。よーくわかった。私も今から河原町に向かうから！』

「結羅、まさか……」

『ハルくんに先行投資をしてあげよう！　その代わり、大事に着ろよー？』

俺は戸惑いつつも、ひとまず感謝しながら通話を切った。再び駆ける。夜を彩《いろど》る西大路《にしおおじ》四条《しじょう》の交差点の明かりが、流れ星のように視界を横切った。

藤井大丸《ふじいだいまる》の前で結羅と合流し、寺町京極《てらまちきょうごく》商店街の中を二人で歩く。デート中の大学生カップルや、仕事を終えたであろう社会人に紛れながら、夏休みに瀬音《せおと》を追って辿り着いたセレクトショップを目指していた。綿貫《わたぬき》にメッセージでオススメの店を聞いた結果である。

しかし、苦手意識は簡単に消えやしない。看板が見えただけで身体が震えてきた。今日はお互いに制服なので、店員に警戒される心配はない。それに、綺麗にブリーチされた髪が目立つ結羅は、制服だとお洒落に見える。ガスマスクをかぶっていたあの日よりも、心理的なハードルは下がっているはずなのだ。それなのに。

「結羅、足が震えてるんじゃないか？」

「は、ハルくんこそ」

俺達はところてんの如《ごと》くぷるぷる震えていた。よく考えてみれば、内弁慶と元不登校児のコンビなのだ。根っこの部分ではお互いに小心者なのである。

しかし、ここで尻込みしている暇はない。閉店時間が迫っている。俺は意を決し、大きく一歩を踏み出した。

「……ま、待ってよハルくん」

結羅が制服の袖を摑んでくる。少し気恥ずかしいが、今は安心するのも事実だ。俺達はそのままの状態で、店の奥へ突き進む。

すると、暑いのか寒いのかわからない服装をした店員とばっちり目が合った。

「ラーシャーセー」

え、なんて？

俺と結羅は顔を見合わせる。店員から放たれた低音ボイスを解読できなかったのだ。

「今、なんて言ったんだ？」

「わ、わかんない。もしかして日本語じゃないのかな？」

結羅があまりにも不安そうな表情を浮かべるので、思わず吹き出してしまう。

「んなわけあるか。ここは京都だぞ」

どうやら、お洒落オーラにあてられて正常な判断力を失ったようだ。結羅のおかげでほどよく緊張感がほぐれ、胸の鼓動が落ち着きを取り戻す。慣れてしまえばなんてことのない、ただの服屋だった。俺は優雅な所作を意識しながらセットアップを見つけ出し、近寄っていく。すると、俺の様子を見たであろう店員が柔らかく微笑《ほほえ》んだ。

「テンナイゼンピンジューパーセンオフデェエェッ」

え、なんて？

俺と結羅は再び顔を見合わせる。今のは間違いなく日本語ではない。かといって、英語でもなさそうだ。

「お洒落な店だから、フランス語か？」

「だとしたら、日本語が通じないのかも」

結羅がそう口にした瞬間、とてつもない不安に襲われる。まるで、太平洋のど真ん中に放り出された気分だった。もうダメだ。なんだか店員が回遊するホオジロザメに見えてくる。きっと、俺達が衰弱するのを待ちわびているのだろう。

「結羅、急いで買い物を済ませるぞ！」

こうなってはこちらが不利だ。俺はセットアップの値札を裏返し、金額を確認する。が、思わず目玉で店内の窓ガラスを突き破りそうになる。

「え、高くないか？」

「ホントだ。出せないこともないけど、高い……」

俺の感覚だとTシャツは二千円で、コートは五千円だ。それなのに、このセットアップは三万円もするではないか。知らない間にクッパマスにでも止まったのかと、何度も足元を確認してしまう。半ばパニックになりかけたところで、背後に何者かの気配を感じた。

ホオジロザメの接近に気付けなかったのだ。

「ゴシチャクサレマスァ？」

満面の笑みと、意味不明の言語。

一か八かで、知っているフランス語を口にするしかなかった。

「ぼ、ボンジュール、シルブプレーッ！」

その後の記憶はあまりない。気がつけば、俺達はレジ前にいたからだ。

きっと、恥を抹消するための自己防衛本能が働いたのだろう。

命からがら購入したセットアップを片手に提げて、よろよろと帰宅する。

結局、代金は翌月のバイト代で返すことにした。結羅は気にしなくていいと言っていたが、レジ前でのやり取りが、なんだかヒモのカップルみたいで恥ずかしくなったのだ。

——気にしないでよ！　私が全部払うから、払わせてよハルくん。もっと頼ってよぉ！

たしかに俺達は助け合う関係性になったが、これは違う。結羅は頼られる快楽を覚えてしまったのだろうか。このままだとよろしくない気がする。やはり日常生活においては俺が手綱を握らねばなるまい。

そう決意しながらリビングへ向かうと、風呂上《ふろあ》がりとおぼしき桜優に出くわしてしまう。ラフな部屋着で冷蔵庫を漁《あさ》っていた桜優は、俺を見るなり両面が裏側のカナブンを見るような視線を向けてきた。だが、今日ばかりは伝えなければいけないことがある。

「桜優、明日の西院祭で俺達の漫才を観てくれ」

「なんで」

「可愛《かわい》い妹とは仲良くしたいんだよ」

「はぁ？　キモいんだけど。それに、どうせ目立ちたいだけなんでしょ？」

反射的な罵声が飛んでくるが、怯《ひる》まずに会話を続ける。

「夏休みにさ、大阪で漫才したって言っただろ。あれさ、実はキングオブマンザイの予選だったんだよ」

俺が笑いながら白状すると、桜優は目を丸くした。

「え……年末にテレビでやってるやつ？」

「ああ。結果は一回戦敗退だけどな。学校でもバレちゃって、上級生からは結構バカにされてたりする」

「……そんな状態なのに、まだやるの？」

「やる。このままじゃ、負けっぱなしだからな」

「なんで？　もうやめときなよ、そんなの恥ずかしいじゃん！」

桜優《さゆ》の瞳が、俺を案じるように潤む。いつだって本気を笑う者は存在する。足掻《あが》く様を見て、みっともない努力だと決めつける。俺もお笑いに触れるまではそうだった。祇園風《ぎおんふう》月《げつ》でうらるショットガンの名を久々に目にした瞬間、テレビから消えた芸人だろうと冷ややかな感情が芽生えた。裏の努力も知らないまま、小さな物差しで判断していた。

「……とにかく観《み》に来てほしい。兄として、大事なものを教えたい」

俺は桜優の肩をぽんと押さえてから、荷物を置いて風呂場へと向かう。多感な時期の桜優が、兄を疎《うと》む気持ちが今ならばわかる。けれど、一つだけ訂正しなきゃいけない部分がある。

本気の挑戦は、恥ずべきことではないのだ。

第六回単独公演『すごいじゃんか』

ついに迎えた西院祭《さいいんさい》の当日。校門には特設のアーチが設けられ、『第87回西院祭』の文字が大きく綴《つづ》られている。俺と綿貫は視線をあちこちに巡らせながら教室へと向かう。旅先へ向かう車内のように浮ついた雰囲気が、校舎全体に充満していた。それは喫茶店の内装に様変わりした俺達の教室とて例外ではない。まだ朝の八時前だというのに、クラスの連中のほとんどが集まっていた。

そういえば、結羅《ゆうら》はもう登校しているのだろうか。

スマホで連絡しようとした瞬間、前方から近寄ってくる瀬音の姿を認めた。

「市井《いちい》、おはよ」

「おはよ。いよいよ本番だな」

「うん。マジックアワーとうらショの時間は空けてあるから、任せて」

瀬音がむんと胸を張る。どうやらかなり楽しみにしている様子で、心なしか鼻息が荒い。

俺達マジックアワーの出番は十六時ちょうどだ。その後に綿貫達のバンド演奏を挟み、大トリとしてうらるショットガンが登場する。

「大変そうだけど、無理はするなよ」

「後夜祭にゆっくりできるから大丈夫」

俺は「そっか」と相槌《あいづち》を打つ。後夜祭とは、その名の通り西院祭の後に繰り広げられる余興である。一般客を退場させてから始まるので、身内ノリのカラオケやクイズ大会が行われるようだ。例年通りであればキャンプファイヤーもあるらしいが、後夜祭のスケジュールは実行委員が全権を握っているので、今年はどうなるのか見当もつかない。ぼんやり逡巡《しゅんじゅん》していると、瀬音がつんと肩を突《つつ》いてくる。

「市井」

「ん、どうした」

少しの間を置いて、瀬音にしては珍しく、なにやら言いにくそうだ。

「えと、後夜祭で話がしたい」

色素の薄い瞳が、俺を捉えて離さない。後夜祭でなければ駄目なのか、などといった問い掛けは野暮だろう。瀬音は何らかの強い意思をもって、俺を誘っているのだ。

「わかった。空けておく」

俺がそう答えると、瀬音《せおと》の口元が少しだけ綻んだ気がした。

「楽しみにしてる。漫才もね」

瀬音はすぐに無表情を取り戻し、くるりと踵《きびす》を返す。そしてすぐさま、近くの女子と会話しだした。西院祭の実行委員として活躍したおかげか、最近の瀬音はクラスの輪に溶け込んでいる気がする。

「さ、ハル。午前中は執事として、あくせく働こうじゃないか」

「お前はメイドじゃないのか……？」

「アハハ、それもいいかもね！　僕は何でも着こなせちゃうだろうし」

綿貫《わたぬき》が愉快そうに俺の肩を叩《たた》く。

その瞬間、近くにいたクラスメイトの女子がこちらにやってきた。

「綿貫くん。今の話、本当？　メイド服さ、Sサイズが一着余ってるんだけど」

「……えっと、今のは会話の流れで同意しただけであって」

「いいじゃないか綿貫。きっとお前なら、男子生徒の性癖を拗《こじ》らせられる」

俺がそう同意すると、ポケットの中のスマホが振動した。結羅からのメッセージだ。

『おはよ。ちゃんと起きてるかぁ？　ハルくんの執事姿、朝イチで拝みに行ってやるからな！』

やけに上から目線なのが腹立たしいが、結羅らしい文面である。それならば、朝イチから気合を入れなければなるまい。

「よし、早速着替えに行こうぜ。あ、綿貫はメイド服だったか」

「いや、僕はまだ着るとは」

「――ホント？　やったぁ！　じゃ、メイド服を持ってくるからあとはよろしくね！」

クラスメイトの女子が走り去ってから、綿貫は「学食のポテト、一年分だね」と微笑《ほほえ》みを寄越してきやがる。とは言いつつも、なんだかんだ面白そうな気配がしたのか、予想以上にやる気を覗《のぞ》かせていた。

それから数十分が経《た》った頃には、一年二組の全員と担任の先生が教室内に揃《そろ》っていた。

やがてチャイムの音が鳴り響き、西院祭が開場の時刻を迎える。

俺達は誰とはなしに円陣を作り始める。窮屈そうな執事達と恥ずかしそうなメイド達――綿貫だけは堂々としているが――が一つの輪になる。各々《おのおの》が顔を見合わせていると、実行委員の荒川《あらかわ》がモノクルを指で押し上げながら声を発した。

「で、では、本日の西院祭の成功と皆様の無事を願って、僭越《せんえつ》ながら僕が一言……」

「荒川、さすがに硬すぎ。慰安旅行の宴会かよ」

荒川の口上を活発な男子が遮る。和やかな笑いが起きた。

「でも僕、こういうときに何て言えばいいか……」

「じゃあさ、うってつけなヤツに任せようぜ。なあ市井？」

予想外のパスに、俺は間抜けな声を発してしまう。

「うぇ？　じゃねえよ。今日は漫才すんだろ？　景気付けにかましとけよ」

「キングオブマンザイの予選に挑むとか、なんかガチっぽいし観に行ってやるよ」

思わぬ反応に、目頭が熱くなる。まだまだ逆風が吹きすさんでいるが、こうして好意的に捉えてくれる人も存在するのだと実感した。ここまで言われると、無下に断ることもできない。だが、女子の反応はどうか。おそるおそる様子を窺《うかが》ってみる。俺と目が合った女子は、仕方ないなといわんばかりに溜息《ためいき》を吐《つ》いた。

「……ま、最近の市井はちょっとマシだもんね。でも、乳首出すのはやめてよ？」

そう言い放たれた瞬間、どっと大きな笑いが発生する。

俺は「もうしないよ」と否定してから、大きく息を吸い込む。

何を言うべきか少し迷ったが、ここは本能のままで良いだろう。

「一度きりの青春だ、死ぬ気で楽しんでいこうぜ！」

俺が叫ぶと、円陣が大きく呼応し、それぞれの持ち場へと散っていく。単純な思考かもしれないが、ここにきてようやくクラスの一員になれた気がした。笑顔の皆を眺めていると、スカート丈の長いクラシカルなメイド服を纏《まと》った瀬音が視界に入る。表情は硬いが、どこか楽しげに揺れている。もしかすると、瀬音もまたクラスの一員に加われた喜びを噛《か》み締めているのかもしれない。そう分析していると、瀬音がこちらにやってきた。

「似合う？」

瀬音は俺に問いかけながら、その場でくるりと回る。ブラウン生地のスカートとフリルのエプロンが、まるで溶け合うように形を忘れ、花開く。

息さえもままならないほど、見とれてしまった。

「……市井？」

「あ、うん。可愛い、めちゃくちゃ可愛い。赤ちゃんかと思った！」

「求めてた可愛いのベクトルが違うよ」

そう言いつつも、瀬音は僅かに口角を上げた。

きっと、俺以外の人間から見ればいつもと変わらぬ無表情に映るだろう。けれど。

「着て良かった」

西院祭が終われば、何かが変わる。そんな予感が鳴り響くほどには、兆《きざ》しが感じ取れる表情だった。

わずかな変化に気を良くしていると、瀬音と入れ替わるようにメイド姿の綿貫がささ
とこちらへやってきた。
「似合うかい？」
腹立たしいことに、瀬音と同じように回転しやがる。周囲の女子からは「可愛《かわい》い」だの
「負けた」だの黄色い歓声が上がっているが、俺にとっては友人の女装であり、ときめき
もクソもない。そのまま竹とんぼみたいにどこかへ飛んでいけばいいのに。
「はいはい、可愛い可愛い。ハダカデバネズミかと思った」
「可愛さのベクトルが違いすぎないかい？」
生意気にも頰を膨らませる仕草が板につきすぎていて、逆に恐怖を感じてしまう。この
あざとさに付き合っていられない。
俺はそのまま無視して持ち場につこうとするが、偶然にも見てしまった。
隅にいた男子が、恋に落ちたかのような表情で綿貫を眺めていたのを。
午後になり、喫茶店のシフトを終えた俺は結羅と合流していた。学生と一般客が入り交
じる中庭を二人で歩いていると、結羅が齧《かじ》りかけのフランクフルトを俺に向けてくる。ど
うやら屋台で買ったものらしい。

「さ、ハルくん。浮かれる時間は終わりだよ！　そろそろネタ合わせしなくっちゃ」

「両手のフランクフルトを仕舞ってから言え」

　西院祭を心ゆくまで楽しむ姿には、説得力のかけらもない。

　結羅は宣言通り、朝イチで一年二組にやってきた。俺の姿を見るなり「服に着られてるねぇ」と酷評を飛ばし、綿貫に様々なポーズのチェキを要求し、瀬音に飛びついて出禁を食らった。わずか三分間の出来事だ。その後、行き場を失った結羅は模擬店を巡る妖怪と化したようだ。あまりにも自由である。

「だってさぁ、こういうの初めてだからテンション上がっちゃうんだよ」

「……クラスの出し物には参加しなかったのか？」

「うん。映画だから、前日にちょろっと私のパートを撮影しておしまいだもん。だから自由！」

　結羅はくるりと回る。

　すれ違う人とぶつかりそうだったので、結羅の肩をぐっと引き寄せた。

「こら、気をつけて歩け」

「あ、うん。その、ごめん……」

　急にしおらしくなったので、変な空気が流れてしまう。最近の結羅《ゆうら》はどこかおかしい。

だが、俺もまたこの状態の結羅には自然に振る舞えなくなる。どうすればいいのか、皆目見当がつかないのだ。

「あのさ、ハルくん」

「どうした？」

問い掛けが喧騒《けんそう》にかき消される。結羅の脚は小刻みに震えている。少し跳ねた髪から覗く耳は真っ赤に染まっており、明らかに緊張していた。何事かともう一度質問すると、意を決したように結羅が言葉を紡《つむ》ぐ。

「えっとね、西院祭ってさ、ほら。後夜祭っていうイベントがあったりするんだけど、もし良かったら……私と一緒に過ごさない？」

結羅が視線を逸《そ》らす。ぐっと結ばれた唇までもが、微《かす》かに震えている。

「……後夜祭さ、瀬音にも誘われてるんだよ」

俺がそう告げると、結羅の瞳が一瞬だけ揺れた。

「そ、そうなんだ。良かったじゃん、ハルくんの恋が成就《じょうじゅ》しちゃったりしてね。もしそうなったらデートもあるだろうし……練習の時間は応相談って感じだよね！」

乾いた笑いと共に、湿った空気が波のように押し寄せる。心臓を摑《つか》まれたような痛みが胸に走った。

「えっと、結羅」

「ん、どしたのハルくん。別に気にしなくていいよ、楽しんできな！」

結羅の笑みが歪《ゆが》んで映る。違う、俺が見たいのは。

「結羅。絶対に時間を作るから待っててくれ。伝えたいことがあるんだ」

気がつけば、そんな言葉が漏れていた。結羅は意外そうに頷《うなず》いて、不思議そうに首を傾《かし》げる。自分は誰の笑顔のために頑張ってきたのか。何を優先すべきなのか。その結論を出す時間が、刻一刻と迫っている気がした。

特設ステージの控室と化した家庭科準備室は、舞台袖までほど近い場所にある。家庭科準備室の前方にある非常口を潜《くぐ》れば、すぐに向かえる距離だ。

そんな静かな控室で、俺と結羅は身だしなみを整えていた。お互いに舞台衣装へと着替えている。俺は黒のセットアップを着用し、インナーには白のシャツを合わせた。対する結羅は、黒のシャツに同系色のスラックスで雰囲気を統一させている。制服が白色のワイシャツなので、印象を変化させるにはぴったりだと言っていた。

現在、特設ステージではクイズ研究部による『西院高校ウルトラクイズ』が開催されているようだ。さきほどは校長先生の『赤ちゃんプレイ好き』という性的嗜好がクイズ形式でカジュアルに暴露されていた。非常に気の毒ではあるが、この調子だと客席が温まった状態で本番を迎えられるだろう。

「いよいよだね。緊張してきた？」

「そうだな。でも、それ以上にワクワクする」

率直な感情を口にする。心臓が浮上するような緊張感は抱いているが、それよりも楽しみが勝っているのだ。俺は興奮を抑えつつ、朝に組んだ円陣を思い出す。

「……クラスの連中がさ、俺達の頑張りを知っててくれてたんだよ。結羅とやる漫才なら、絶対に面白いって期待もしてくれた。ずっとアウェーだと悩んでたけど、案外そうでもないのかもな」

そう言うと、結羅は顔を近付けてきた。急接近する瞳に戸惑い、俺は少しだけ身体《からだ》を引く。

「ホントに言ってる？　私、歳《とし》が近い人に認められる経験があんまりないから、嬉《うれ》しいなぁ……」

結羅は顔をくしゃりとさせ、はにかむような笑みを見せた。

「今日さ、『東京ニュウギュウ@秋刀魚《さんま》が高すぎる』さんと『充血眼の入院龍《ブラッドアイズ・ホスピタルドラゴン》』さん。あと『シャーク』さんも来てくれるんだ」

「誰だよそいつら……」

「ほら、大喜利イベントで一緒だった人だよ！」

説明を受け、ようやく合点《がてん》がいく。顔は思い出せないが、ハンドルネームで呼び合う謎のおじさん達と会話をしたのは覚えている。

「お母さんもお父さんも来てくれるし、今日は私の人生総決算って感じなんだよね。良いことばっかりの一日にしたいな」

結羅はそう笑って、俺の後方を指さした。

「だからさ、この人達もぶっ倒してやろうぜ」

首を巡らすと、長い黒髪と細い体軀《たいく》の女性の姿。

「おいおい、ジブンら……この学校の生徒やったんかい。そんなん聞いてへんぞ」

気だるげに後頭部を掻《か》き、苦笑いを浮かべる上別府《かみべっぷ》さんが立っていた。

「この前は、日常会話なんて許さない空気にしてくれましたもんねぇ？」

上別府さんのぼやきに、結羅が真正面から嚙み付いていく。本番前に冷静さを欠くのはよろしくない。飛びかからんばかりの気迫が漏れる結羅を羽交い締めにして、静止を促した。

「おい、結羅。やめとけ」

「ハルくん離して！　カーフキックでも入れてやらなきゃ気が済まない！」

「漫才前に相手の軸足を壊そうとするな」

腕の中で暴れる結羅を宥《なだ》めていると、上別府さんはふんと鼻を鳴らした。

「……なんや、もしかして今日も漫才する気か？　また恥ずかしい思いすんぞ」

侮蔑の言葉に、今度は俺までもが怒りを覚える。だが。

「こら上別府ー？　今日は学生が主役の日なんだよ？」

後ろからやってきた桃井《ももい》さんが、上別府さんの後頭部を勢いよく張り飛ばした。小気味の良い音が鳴り、いくらか溜飲《りゅういん》が下がる。

「ごめんね二人共。うちのバカが迷惑かけて。すっかり落ち込んだかと思ったけど、もう大丈夫そうだね。今日はどんなネタをやるの？」

「えっと、この前の予選で披露した書店員のネタを……」

そう言いかけた途端、上別府さんが会話に割って入ってくる。

「はぁ？　またアレをやるんかい。もしかしてそっちの女、今回も姐《ねえ》さんの真似《まね》するんちゃうやろな？」

上別府さんが怪訝《けげん》そうに結羅を睨《にら》む。俺の腕から抜け出した結羅は、鞄《かばん》の中から挑発するように書店員のエプロンを取り出した。

「おい、猿真似すんなって忠告したやろ。見てくれが良いだけのアホなんか？」

「うるさいばーか。私の容姿に嫉妬すんな」

「してへんわボケコラァッ！　どつき回すぞアホォ！」

これぞ犬猿の仲。結羅はうららショットガンのファンだったぶん、反動が大きいのだろうか。俺が再び結羅を宥めていると、上別府さんは小さな溜息《ためいき》を漏らした。

「はあ……。なんかもう、つくづく因果やな」

因果。その言葉の意味が掴めず、俺は質問をしようと視線を向ける。

「──すみません、そろそろマジックアワーの出番が近いんですけど」

が、タイミング悪く実行委員の点呼がかかる。結羅は待ってましたと言わんばかりに背筋を伸ばし、上別府さんの前につかつかと歩み寄った。

「私とハルくんは絶対に這《は》い上がるから、首を洗って待ってろよ」

まさに宣戦布告。上別府さんは面食らったように瞬《まばた》きを繰り返したが、やがて歪《いびつ》な笑みを張り付けた。

「いくらでも首を長くして待ったるけど、お前らには手が届かん場所やぞ」

「言ってろばーか。行くよ、ハルくん」

早足で立ち去る結羅の背には、静かな闘志が宿っている。キングオブマンザイの予選と違い、しっかりと地に足がついているようだ。俺は胸を撫《な》で下ろしながら結羅に追いつく。

「……あの二人、私達が全く同じネタをすると思ってるんだろうね」

「まあ、途中で遮られたしな」

「へへ、吠《ほ》え面《づら》かかせてやろうね」

いたずらっ子のように白い歯をこぼし、結羅が囁《ささや》いてくる。そう、俺達は書店員のネタを披露するのだが、キングオブマンザイの予選で披露した漫才とは舞台設定が異なる。当初は大型書店を想定していたが、釈迦戸《しゃかど》書房のような古書店に変更した。理由は単純。普通の場所にヤバい店員が居るより、閉鎖的な空間にヤバい店員が居るほうが怖いからだ。

そして今日は学園祭だ。共感性を高めるために、アニメや有名人のボケをいくつか取り入れている。客層に合わせ、ダイレクトに刺さるよう、何度もネタを調整した。

準備に抜かりはない。

あとは、やるだけ。

勢いよく校庭に出ると、舞台袖に続く道を認めた。簡素なカーテンで遮られているが、隙間から客席の様子は窺《うかが》える。

「……結構、お客さんが入ってるな」

「お、もしかして不安になっちゃった？」

「いや大丈夫。今日は見知った顔が多いから」

俺は結羅に微笑《ほほえ》みかける。大喜利イベントやキングオブマンザイの予選と違い、今日の客層は自校の生徒が大半だ。外部のお客さんも居るが、前列に陣取っているのは同学年の連中が多いだろう。この舞台なら、緊張でネタを飛ばしたりはしないはずだ。

「それに、血が滲《にじ》むような努力をしてきたしな」

舞台袖に続く階段へと辿《たど》り着き、司会の進行を待つ。夏の屈辱から約二ヶ月。期間はまだまだ短いが、俺と結羅は可能な限りの時間を捧《ささ》げて一つのネタに打ち込んだ。もう覚悟は決まっている。けれど、意思とは裏腹に脚が震えてしまう。そんな俺を見かねたのか、結羅は「大丈夫」と俺の肩を叩《たた》く。そして。

「滲む努力さえ、笑いに変わるんだよ」

そう言って、俺の心臓に拳をとんと当ててきた。

「……いい言葉だな」

「これ、今井《いまい》まいこさんがドキュメント番組に出たときの発言なんだ。ずっと胸に残ってて、引用しちゃった」

恥ずかしそうに、結羅が告白する。俺の努力は、まだまだ大したことがないかもしれない。こんなものが本気かと、笑われる程度かもしれない。だが、積み重ねた練習は紛れもなく本物で、俺の血液と化して身体中を駆け巡っている。

気がつけば、脚の震えは治まっていた。俺達は視線を合わせ頷き合う。舞台ではクイズ大会の終了を告げる声が轟《とどろ》いている。いよいよ出番だ。滲んだ血液が、全細胞を稼働《かどう》させ進軍を促した。

「……よし、行くよハルくん」

「おう。トチんなよ」

「そっちこそ！」

俺達はもう一度笑い合って、同時に舞台へと駆け出した。指定した出囃子《でばやし》と共に、舞台の中央へ駆けていく。西院祭の高揚感がそうさせるのか、俺達は予想以上の拍手で出迎えられた。

「どうもー、マジックアワーです！」

マイクは明瞭。緊張感も心地よい。視界の先には大勢のお客さんがいて、見慣れたはずの校庭が別の場所のように映る。こうして人が密集すると、意外と狭く見えるので不思議なものだ。このどこかに瀬音《せおと》が居て、母さんと桜優《さゆ》も居るのかもしれない。

「——最近ね、本を売りたくて仕方ないの」

「珍しい角度の欲求だな」

「でも、本を売るのって法が許さないじゃん」

「俺が知らない世界で生きてる？」

「だからさ、せめてここで夢を叶《かな》えていいかな？」

「別にいいけど……校内一の奇人に本なんて売れるのか？」

「できるに決まってるでしょ、ブッ殺すよ」

「すでに向いてないな」

俺が呆《あき》れたようにツッコミを入れると、観客からさざなみのような笑いが起きた。今回は大丈夫だ。何度も練習を重ねた掛け合いが、呼吸のように吐き出される。

ここからはコントインの形式だ。俺は結羅《ゆうら》と少し距離を空け、その場で足踏みをしながら道端で小さな書店を発見した男を演じた。

「あれ、こんなところに店なんてあったか？　しかも看板がないぞ。でも本棚が見えるから本屋なのかな？　今日は暇だし、ちょっと入ってみるか」

シチュエーションを説明し、入店音を口にする。

「いらっしゃいま……せ」

俺の存在に気付いた店員役の結羅が、おそるおそる問いかけてくる。

「もしかして、ブラタモリですか？」

「あ、違います。だとしたらタモリが来るかと」

「でもお客さん、タモリの蝋《ろう》人形かなってくらい似てますよ」

「なんで蝋で固めたんですか？」

呆れたような声を出してから、すぐに間を繋《つな》ぐ。

「似てるなんて、言われたことないですけどね」

「ええー、タモリのコピペですって」

「聞いたことない言葉だ」

「それくらい似てますんで」

「あの、タモリ見たことあります？」

「はい、二分の一スケールの蝋人形をどこかで」

「どこで見られるんですかそれ」

「それが思い出せなくて……」

「まあいいです。とにかく、容姿は知ってるんですね」

「ええ、ちょっと目が細い……」

「サングラスの奥から入ることないだろ」

軽いジャブの応酬。申し訳なさそうに、結羅が頭を下げる。

「失礼しました。お客さんなんて滅多に来ないので、はしゃいじゃって」

「ここって何のお店なんですか？」

「うちは古書店なんですよ。外に看板が出てませんでした？」

「いや、何もなかったですね」

「すみません！　朝の私が出し忘れてたみたいです。しっかり時給から引いておきます」

「それって一人で苦しんでません？」

「朝の私から引いた分、今の私が得しますよね……？」

「なんか怖いなこの人」

「それより、改めてお店を紹介させてください」

ここで結羅が一呼吸を置いて、間を作った。

観客の注目が、自《おの》ずと次の発言に集められる。そして、結羅の笑顔が咲く。

「【古本ボールZ　～オラ、ワクワク売っぞ～】へようこそ！」

「店の名前クッソつまんないですね」

「これくらい弾《はじ》けないと、お客さんが来てくれないんですよ」

「そうなんですか。やっぱり今の時代、本って売れないんですか？」

「次聞いたら殺しますよ」

「あっ、命への向き合い方はフリーザ様なんだ……」

俺が慄《おのの》くと、またしても観客が揺れた。

たしかな手ごたえが形になっていく。

「それよりお客さん、何をお探しで？」

「えっと……面白い小説を探しに来たんですけど」

「そうでしたか。それでは、ごゆっくりどうぞ」

「はい。ありがとうございます」

俺がそう言って歩き出すと、結羅がピッタリと追従してくる。

どれだけ歩いても、無言のまま。ひたひたと。

書店では見られない異様な光景に、観客から笑い声が漏れる。

そのタイミングで俺は、結羅を手で制した。

「ストップ、待って」

何が起きたのかと、観客がより一層集中したのを肌で感じる。

一度、空気を漫才に戻すために設けた間だ。

「え、どしたの？」

「店員がホーミングしてくる本屋ってあるか？」

「普通じゃない？」

「普通じゃないよ。ゴール前のメッシばりにマークされてたんだけど」

運動部を狙ったボケは、前列を陣取っていた上級生にしっかりと突き刺さる。

大きなうねりをひとつ生み出してしまえば、あとはこちらのものだった。

「まあ、そこはメッシになりきって続けてよ」

「荷が重すぎて背骨曲がるわ」

「そっくりだから大丈夫だって」

「メッシ見たことあんのか」

俺はその場で足踏みをして、店内を物色する客を再び演じる。コントへの転換。

「古い書籍から新しい書籍まで、幅広いですね」

「そうなんですよ。古今東西、ジャンルを問わず集めるのがウチのコンセプトでして

……」

そこまで言ってから、結羅が大きく咳《せ》き込んだ。

「──ゲホッ、ゲホッゲホッ！」

「だ、大丈夫ですか？」

血相を変えて駆け寄る演技をする。

結羅は苦しそうにうめきながら、弱々しく言葉を漏らした。

「ハウスダストアレルギーなので、古い本が多い場所はキツくて」

「この仕事向いてなさすぎませんか」

至極真っ当な疑問が共感性をくすぐり、ツッコミに変化する。

だんだんと、笑いの波が大きくなってきた。

結羅が軽い咳《せき》を挟みながら、架空の書店を案内する。

「この辺りの本、結構レアものなんですよ」

「へえ、そうなんですか」

「これを売ってくれたお客さん、ちょうどいいタイミングで遺品整理したみたいで」

「経緯は言わなくていいです。買いづらくなるので」

「表紙に付着した血も、味があっていいですよね」

「しかも外傷があるタイプの死」

俺が慄くフリをすると、対照的に結羅の演技が熱を帯び始める。

ここからが、結羅の真骨頂だ。

「ふふ、こっちの本なんてほらっ！　挟まった遺書がそのまま！」

「倫理観を入口で落としてきました？」

「この仕事、そういうの必要ないんで」

「あんま接客業なめんなよ」

やや乱暴なツッコミで変化をつけ、漫才を加速させる。

「というか、ここって曰《いわ》く付きの本が多いんですか？」

「まさかそんな、縁起でもない」

「でも遺品とか遺書とか、死に近すぎますよ」

「それは、この棚がデスブックのジャンルだからですよ」

「デスブック」

「はい、死に関係する書籍を指します」

「まったく知らない呼称なんですけど」

「ふふ、冗談ですよ冗談。おかしいなあ、お葬式では爆ウケしたんですけどね」

「ゴッサムシティの葬式ですか？」

「……あれ、もしかして引いてますか？」

「こういう空気は読めるんですね」

「読むのが好きで古書店やってるんで」

「うるせえなコイツ。さっきからなんだよこの店」

「【古本ボールZ　～オラ、ワクワク売っぞ～】ですが」

「二回聞いてもつまんねえな。もういい、帰りますんで」

「そんな、待ってくださいよ一義《かずよし》さん！」

「だからタモリじゃないって言ってんだろ」

「とっておき！　ワイ将とっておきのオヌヌメあるンゴ！」

「そういうのリアルで聞くとキツいな」

「あっ……すみません。私、素になると方言が出ちゃうんです」

「地元がインターネット⁉」

「そんなに驚かなくてもいいじゃないですか」

「いや、博多《はかた》弁とかで可愛《かわい》くなるパターンしか知らなかったので」

「そういうのって、リアルでやるとキツくないですか？」

「ネットスラングのほうが距離を置いちゃいますけどね」

「京都⇅博多間くらいですかね」

「ホントうるせえなコイツ。もういい、帰りますんで」

「ありがとうございます、今すぐオススメをお持ちしますので！　少々お待ちを！」

「あ、全然聞こえてない……。こうなったら、隙を窺《うかが》って逃げるしかないな」

「――おっ客さぁぁぁぁん！　お待たせしましたぁぁぁぁッ！」

「耳が遠いから声でかいな。まあ、最後にもう一冊くらい見てみるか」

「こちら、西村京太郎先生の『十津川警部シリーズ』セットです」

「ああ、時刻表から移動手段を推理して、犯人のアリバイを崩すミステリーですよね」

「はい。私もよく使ってた手法なんですけど、次々に看破されちゃって」

「さらっと犯罪歴を仄《ほの》めかしてません？」

「……君のような勘のいいガキは嫌いだよ」

「掘られた墓穴を覗《のぞ》いただけですけど」

「も、もしかしてお客さん、刑事ですか？」

「いや、違います」

「よくよく考えたら、こんな店にお客さんが来るなんてありえませんよね？」

「それには心底同意しますけど」

「ほ、ほほ本当に警察じゃないんですよね？　信じていいですか？」

「怯《おび》え方が怖すぎますって。え、もしかして店員さん本当に……」

「わ、ワイ将は何もしてないンゴ！」

「動揺しすぎて方言が出てるぞ」

「そ、それより！　オススメの続きをさせてください！」

「それよりで置いておけない恐怖なんですけど」

「ぜ、全巻合わせるとボリューミーですが、面白さは私が保証します」

「まあ、名作なのは知ってますから……って、これも表紙に血が付いてませんか？」

「とっても分厚いので、誰かが鈍器として使ったのかもしれませんね」

「じゃあ、この店で凶器と遺品が揃《そろ》っちゃってません？」

「や、や、やだなぁ、私が持ち主を殺すわけないじゃないですか」

「まだそこまで言ってないです」

「お、面白い推理ですね。小説家にでもなったらどうですか？」

「墓穴掘りすぎですって、霊園でも作る気ですか？」

「はぁーあ、バレちゃ仕方ないなあ」

ここでようやく、漫才のテンポを落とす。結羅《ゆうら》は感情をすっと殺した表情を作り、大きなボタンを押す素振りをする。その仕草に合わせ、俺は勢いよく振り返った。

「い、入口にシャッターが下りた！」

「秘密を知られたからには、このまま帰すわけにはいきません」

「こ、この店は……まさか、人を殺《あや》めるために……！」

「ええ、そうです。お察しの通り……」

シャッターを背にする俺に、ドス黒い殺気を纏《まと》った結羅が一歩ずつ迫りくる。

足音。憑依《ひょうい》ともいうべき演技は、いとも簡単に舞台を緊張感で包み込んだ。

「私は……」

無音に近い空間を、結羅の声が切り裂く。

「読《よ》メック星からやってきた、売《う》リーザと申します」

「星ごとクソつまんねえ！」

「よく私が読メック星人だと見抜きましたね、流石《さすが》はお客さん」

「その角度では見破ってねえよ。キモい買《か》い被《かぶ》り方すんな」

緊張と緩和。

あらかじめ植えておいたくだらなさの種が、一気に芽吹いていく。

「さあ、死んでください！　貴方《あなた》もデスブックにしてやりましょう」

「こんなクソみたいな宇宙人に殺されてたまるか！」

「アハハ！　逃がしませんよ、お客さん！」

「駄目だ、このままじゃ追いつかれ――」

口にした途端、全身に寒気が走る。

語尾がセンターマイクに乗らなかったのだ。

だが、結羅が危惧していた音響トラブルだ。プロが使うような予備のピンマイクは存在しない。

ここからは、地声でやるしかない。

生じた間は数秒、まだトラブルを悟られてはいないだろう。

俺は結羅に目配せをしつつ、次の流れを作るべく息を吸い込む。

「アッハッハ！　アッハッハッハッハ！　ゴホッ！　オエッ……ゲェェェハッ！」

が、遮られる。

結羅が表情を大きく歪《ゆが》めながら、心配になるほど咳き込んでいる。

俺は半ば無意識で、場を繋《つな》げるためのツッコミを繰り出す。

「あぁ！　ハウスダストアレルギーがゆえに！」

前半の伏線が機能し、大爆笑が巻き起こる。本来、オチ付近で使うくだりだ。だが、結羅にネタを飛ばしている様子はない。あえてここで手札を切ったのだろう。結羅は咳と動きで笑いを持続させながら、舞台上で転がってもんどり打つ。

「オェッ……オェェェッ！」

台本にはない流れ。何をしているのか。考えろ。

結羅の目線から意図を汲《く》み取るべく、一瞬の間に思考を巡らせる。

ああそうか。この演技なら、無理やり大声を出しても違和感がない。

俺は素晴らしい機転に感服しつつ、改めて息を吸い込む。

「本当に大丈夫かこの人！」

「う……ぐ……お……おご……おおう――――！」

「卵を産むピッコロ大魔王みたいになってる！」

舞台上で頭を抱え、嘆きながら腰を落とす。絶え間なく笑いの波が押し寄せる。アレルギーを演じる結羅に状況分析のツッコミを入れることで、数十秒は稼げる。

俺は顔を手で覆いつつ、指の隙間から舞台袖を窺う。綿貫《わたぬき》のバンドは、すでに舞台袖で待機しているはずだ。もしかすると、いち早く異変に気付いている可能性だってある。一縷《いちる》の望みを託した視線は、綿貫と志摩《しま》の姿を捉える。二人はすでに音響トラブルに気が付いているようで、こちらに向かって人差し指を突き立てていた。

一分くれと言いたいのか。

いいだろう。それくらい、余裕で凌《しの》いでやる。

「こうなったら、今のうちに逃げるしかないな！」

俺は叫ぶ。客席の向こう側に見える校門まで響かせるように叫ぶ。

結羅の目を見れば、緊張なんて霧散していく。

「ふう、中々やりますね……でも逃がしませんよお客さん……ちょうどここには、武器となる本がたくさんありますからね！」

「デスブックを作ってるのはお前だったのかよ！」

嘆きの配分を多めにし、過剰にならない範囲で声量を上乗せする。夏休みに敢行した、鴨川《かもがわ》デルタでの練習を思い出す。対面の川岸に居る結羅に届くように、客席の一番後ろまで届くように。願いを込めて発した言葉のひとつひとつで、客席は生き物の如《ごと》く揺れる。

だが、まだ足りない。こんなもんじゃない。

俺の声を聞け。漫才を見ろ。横隔膜が細切れになるまで笑え。

本気を嗤《わら》う奴《やつ》らを、本気で笑わせろ。

襲い来る結羅の攻撃を躱《かわ》しながら、ボケとツッコミを織り交ぜる。

「なんで当たらないんですか！　この足さばき……やはりメッシ！」

「タモリとメッシに似てる人間なんて存在しねえよ！」

「どっちも二足歩行じゃないですか！」

「その理屈ならアンタもタモリだろ！」

「タモリ見たことあります⁉」

「なんなんだよコイツ！」

俺が肩を竦《すく》め、緩和した空気を作る。

すぐさま、結羅が緊張を生み出す。

「……油断したな！　死ねぇっ！」

「クソっ、妙に襲い慣れてる……！」

両手を上げて襲い来る結羅に、追い込まれて尻もちをつく。

絶体絶命。けれど、起死回生の一手が転がってくる。

結羅が倒した何かが、俺の手元に収まったのだ。

それはちょうど、上半身くらいの大きさ。

「──そ、それは、タモリの蝋《ろう》人形！」

結羅の叫びで、舞台上にタモリの蝋人形が顕現する。

「この店で見てたのかよ！」

前半の伏線回収。

俺は叫びつつ、タモリの蝋人形を結羅の頭に振り下ろす。

結羅は断末魔の叫びをあげ、勢いよく崩れ落ちた。

「ワイ将……オワコンになった件！」

「地獄で後悔しそうな遺言だな！」

俺達の声が、再びセンターマイクに乗る。

舞台袖では、綿貫と志摩がこちらにサムズアップをしていた。俺は目礼を送り、結羅と共に中央へと歩み寄る。肩が触れ合った瞬間にたしかな安堵《あんど》を覚える。結羅と出会い、練習を重ねてきたこの距離感が、今は何よりも心地よい。

秋の空は高く澄み切っている。魔法の時間も終わりが近づいていた。

漫才が刺さらなかったのか、真顔の人もちらほら確認できる。

だが、視線に輝きを乗せた観客は想定よりも遥《はる》かに多い。満ち足りた幸福感を噛《か》み締めながら、オチの部分に入る。

「こんな本屋あってたまるか」

「うん、絶対ないね」

「……俺達、どこから間違えてたと思う？」

そう質問すると、結羅は口角を不敵に吊《つ》り上げた。

「赤ちゃんプレイを要求したあたりからじゃない？」

「校長の性的嗜好には触れてやるなよ」

結羅め、最後の最後でアドリブをぶち込んできやがった。

ここにいる観客はほぼ全員がクイズ大会に参加していたはずなので、言わずもがな爆笑が生み出される。最後にバックドロップを決められた観客は、為《な》す術《すべ》もなく崩れ落ちた。

最大級の快感を受け止めながら、俺は結羅と視線を重ね合う。

「――もういいよ。どうも、ありがとうございました！」

勢いよく頭を下げると、万雷の拍手が鳴り響いた。全ての音が俺達に向けられている。

こみ上げる涙が抑えきれなかった。ジャケットの袖で乱暴に目を拭い、顔を上げる。

流れる雲も、打ち鳴らされる手も、なにもかもがスローモーションのように映る。

クラスメイトが居る。母さんが居る。満足そうな表情で微笑《ほほえ》む桜優《さゆ》が居る。

そして、瞳を潤ませ手を叩《たた》く、笑顔の瀬音《せおと》がそこに居た。

第七回単独公演『うれしい学生』

　鳴り止《や》まない拍手を背に受けながら、舞台から退場する。身体《からだ》の奥から熱気がほとばしり、汗となって放出されている。満足感と徒労感が同時に襲ってきて、俺と結羅《ゆうら》は舞台裏でへなりと腰をおろした。

「おつかれハル。とても良かったよ」

　大きく息を吐くと、頭上から綿貫の声が降ってきた。

「ありがとな。綿貫達のおかげで助かった」

「そうだね。感謝の気持ちは学食で表現してもらおうじゃないか」

「結羅に衣装代を返さなきゃいけないから金欠なんだよ。ウィンドウショッピングで勘弁してくれ」

　俺が言うと、綿貫はアメリカのホームドラマのように笑った。

「……志摩もありがとうな！」

首を動かし、志摩の姿を捉える。志摩はドラムのパーツを抱えながら鼻を鳴らし、不服そうに舞台へと去っていった。せっかく唇の潤いを保ってやったのに、つれないヤツである。

「志摩も素直じゃないねえ。さっきまで、僕と一緒に必死で音響をアシストしてたのに」

「そうなのか？」

「ああ、でもこれは内緒で頼むよ」

綿貫は口元で指を立ててから、大きな機材を抱えて志摩の後に続いた。転換の時間だ。熱気が冷めやらないまま、舞台はライブ会場へと様変わりするのだろう。俺は頑張れよと声を掛けてから、結羅に微笑みかける。

「さ、あとはあの二人から感想を引き出してやろうぜ」

「……だね。土下座させて丸刈りにしてやる」

結羅は物騒なことを口にしながら、勢いよく立ち上がる。そして駆け出す。俺は慌てて追いかける。届かないと思っていた背中が、いつの間にか近くにあった。俺達は少しだけ隙間が生じた扉の前で、一度立ち止まる。

「さって、どんな感想が聞けるのかなぁ」

結羅は跳ねるように声を繰り出しつつ、控室の扉を開ける。上別府《かみべっぷ》さんは丸椅子の上で脚を組み、粘りつくような視線で俺達を舐《な》め回した。

「なんやねん？　アレ」

開口一番、切っ先を突きつけられる。

「特に途中の展開。あれは漫才やなくて演劇や。客を見てへんから三角も作れてへんし、笑い待ちもできてへん。基礎がまるでなってないやんけ」

長い黒髪の隙間で、真っ赤な瞳孔が妖しく光る。当然ながら、結羅は反抗的な瞳で睨《にら》み返している。殺気に近い空気が浸透した瞬間、桃井《ももい》さんが上別府さんの後頭部を張り飛ばした。

「漫才論争はやめようって言ってるでしょ。あと、トラブルがあったんだから仕方ないよ」

「はぁ？　ウチらの漫才やったら、あんなモン屁《へ》でもないわ」

上別府さんは腕を組み、つんと上を向く。不遜な態度で再び空気が濁る中、桃井さんがぼそっと呟《つぶや》いた。

「……マイクが入らなくなった瞬間、心配そうに移動して陰から覗《のぞ》いてたくせに」

「い、いらんことゆわんでええねんカス」

上別府さんが丸椅子をなぎ倒しながら立ち上がる。突然の物音に俺は驚いたが、桃井さんの言葉にはもっと驚いた。この人が俺達の心配をするなんて考えられない。結羅も同じ心境のようで、口を挟めないまま立ち尽くしていた。

「別に、コイツらが心配になったわけとちゃう。ウチが心配やったんは……」

「はいはい。しずくちゃんと、この二人でしょ？」

「はぁ？　ウチが心配してるんは、しずくだけじゃボケ！」

上別府さんが再び吠《ほ》える。

突如飛び出した瀬音の名前に、俺は反応せざるを得なかった。

「お二人は、瀬音のために西院祭《さいいんさい》のゲストとして来たんですよね」

「なんやジブンら。やっぱり、しずくと繋《つな》がってたんかい」

上別府さんは後頭部をボリボリと掻《か》きながら、こちらに迫ってくる。舞台ではバンドの演奏が始まったらしく、地を踏み鳴らすようなドラムの音が、等間隔で部屋全体を揺らす。

「……どこまで聞いてんのか知らんけどな、しずくは苦労してんねん」

「はい。知ってます。瀬音が笑わなくなった理由も、今井《いまい》まいこさんの件も」

いつかのライブハウスで耳にした楽曲が流れ、静寂を許さない。前奏が終わり、ボーカルの声が乗せられた頃にようやく上別府さんは声を発した。

「そうか。まあ、なんでもええわ」

雑な返答。

かと思いきや、打って変わって真剣な眼差《まなざ》しを向けてくる。

「しずくは、笑っとったんか？」

懇願にも似た言葉の中に、苦悩を垣間見《かいまみ》た気がした。彼女もまた、今井まいこの影に囚《とら》われたままなのかもしれない。でなければ、劇場女番長として君臨する彼女達が、再びキングオブマンザイを狙う理由が見当たらない。かつて母親の活躍を願った少女のため、遺《のこ》された二人はもう一度テレビに返り咲く決意をしたのかもしれない。

とはいえ、こんな仮説を突きつけても認めないだろう。

俺は色々と悩んだが、正直に打ち明けることにした。

「はい。笑ってくれました」

呪縛から解き放たれた瀬音の笑顔は、どこか痛々しかった。

けれど、踏み出す足が傷だらけでも、瀬音は前に進むことを選んでくれたのだ。

「……そうかい。なんやねん、ウチらが来んでも良かったやんけ」

上別府さんは不満そうに唇を尖《とが》らせ、扉へと向かう。

胸が騒ぐ。だが、言葉の意味を問うよりも早く、結羅が鋭い声を出した。

「ねえ、待って！」

「ああ？　なんやねん」

「私達の漫才、面白かったですか？」

結羅が上別府さんの進路を塞ぐ。一曲目が終わったのか、演奏が途切れ静けさが打ち寄せる。上別府さんは結羅を強引に押しのけてから、背中越しに評価を告げる。

「だから、あれは漫才やなくて演劇じゃ。咳《せ》き込んでからのくだりなんか、姐《ねえ》さんの影響モロに出とるやんけ。もっと板踏んで勉強せえ」

罵声に近い評価だった。俺達の漫才は、まだ届かないのだろうか。

「……格の違いを思い知らせたる。ウチらのネタをよう見とけ」

上別府さんはそう言い残し、部屋を後にした。秒針の音だけが響く部屋で、俯《うつむ》いた結羅の肩がわずかに震える。夏に見た光景がフラッシュバックする。

寄り添わなければ。使命にも似た感情が、全身を突き動かす。

「相変わらず、気に入った若手にはネタを見せたがるなぁ」

が、足が止まる。俺と目を合わせた桃井さんは、「一年目の高校生にしては、上手《うま》かったと思うよ」と柔らかく微笑んだ。

決して褒められてはいない。百戦錬磨のプロから見れば、俺達の漫才なんてその程度だ。まだまだ改善点はあるし、慢心なんてできやしない。

けれど。けれど。

「……ハルくん、聞いた？」

結羅が顔を上げる。

赤く潤んだ目は大きく見開かれ、相反した感情が混ざり合っている。

「ああ、聞いた。やった、やったんだよな？」

俺が結羅の両肩を何度も叩くと、結羅は力なく崩れ落ちた。

「……うん、やった。私達、やったんだ。やってやったんだ！」

結羅は両手で顔を覆い、涙混じりの声で快哉《かいさい》を叫ぶ。俺達の漫才は猿真似《さるまね》ではなく、確固たる武器として認められたのだ。

「じゃ、私もそろそろ行ってくるよ。君達とは、また会うだろうね」

桃井さんは柔らかくそう言って、控室を後にした。ざわめきから切り離された控室には、洟《はな》をすする音だけが残される。やがて二曲目が始まっても、俺と結羅はただ泣きじゃくっていた。いつまでも、いつまでも、余韻に浸りながら。

秋の夕暮れが漆黒に塗りつぶされた時間帯。肌寒さを覚える気温の中、特設ステージでは有志によるフラダンスが披露されていた。カラフルな腰みのをつけて踊る筋骨隆々の男達の姿は、カルト映画のワンシーンみたいだ。少し前までは俺もあちら側だったと思うと、ゾッと身震いしてしまう。

後夜祭のメインは、校庭の特設ステージと体育館前の屋台村、そして駐車場付近で燃え上がるキャンプファイヤーだ。俺は無法地帯と化した特設ステージを横目に、駐車場の近くへと向かっている。瀬音《せおと》との待ち合わせ場所だ。こころなしか、すれ違う生徒はカップルが多い。後夜祭で青春を余すことなく謳歌《おうか》する者は、やはり陽気なエネルギーがほとばしっているのだろうか。そんな分析を遊ばせながら、待ち合わせの時計台に辿《たど》り着く。瀬音はまだ到着していないようで、俺は近くの花壇に腰を下ろした。

「ばぁ」

その瞬間、覇気のない声と共に背中を押される。振り返ると、これまた覇気のない表情の瀬音が立っていた。

「驚いた?」

「いや、驚かすにはもう少し声量が必要だと思う」

「そっか。難しいね」

瀬音はさして気にする様子もなく、俺の隣に腰掛けた。

「結羅先輩は?」

「ああ、屋上で晩飯を食べるって言ってた」

柔軟剤の香りが鼻に触れる。その程度の風なのに、瀬音の声はかき消されてしまいそうだった。

「……マジックアワーの漫才、笑っちゃった」

「うん。瀬音が笑った顔を初めて拝めた」

「そうだね……市井《いちい》を信じて良かった」

瀬音はそう言って、俺の肩に小さな頭を預けてくる。夢にまで見たシチュエーションのはずなのに、なぜか心は落ち着いている。

「ねえ市井、少し話してもいい？」

瀬音は俺に身体《からだ》を預けたまま、確認のように問いかけた。

俺は「いいぞ」と返し、言葉を待つ。

「入学してからずっと、市井は私だけを見てくれてた。この人なら、私を解放してくれるかもって希望を抱いた」

瀬音はそう呟いて、俺の肩で小刻みに震える。

「だから、市井を利用した」

手を繋いだカップルが俺達の前を横切り、お前も頑張れよと言わんばかりの視線を寄越してくる。たしかに、傍《はた》から見れば愛を囁《ささや》く男女に見えるかもしれない。

だが、俺達の間に甘美な空気など皆無だ。

「私のお母さんが今井まいこなのは、もう知ってるよね」

俺は頷《うなず》く。瀬音の母親――今井まいこ――が、人気芸人だったこと。三年前の十二月末に、四十二歳の若さで急逝したこと。答え合わせこそしていなかったが、もはや疑いの余地すら存在しない。

「三年前の私がお母さんの活躍を望まなければ、きっとお母さんは生きていた。だから私は、感情を殺し続けた」

「瀬音、それは……」

「そうやって自分を追い詰めなきゃ、生き方を探せなかったから」

一度だけ、洟をすする音が鳴る。肩に視線を落とすと、瀬音はぼんやりと遠くを眺めていた。

「でも結局、そんなのは自己満足だった。一度笑ってしまえば仕方ない。そんな免罪符を得るために、何度も劇場に足を運んだ。市井と出会って勝手に期待を抱いた。幸せになりたいくせに、罰を受け続けるフリをした。矛盾した行動を繰り返す自分が、死ぬほど憎くて大嫌いだった」

滔々《とうとう》と紡《つむ》がれる言葉の端々に、後悔と自己嫌悪《じこけんお》の念が滲《にじ》み出ている。

「私は馬鹿だから、自分では何も変えられなかった」

「そんなことない。瀬音は現状をなんとかしたくて、うらるショットガンを呼んだんだろ？　入学してすぐ、わざわざ実行委員に志願してまでさ」

「それは違うよ。前にも言ったけど、お母さんへの餞《はなむけ》だったから」

瀬音はそう言って、俺の肩から頭を上げる。

「参観日とか運動会はね、いつもお父さんしか来られなかった。お母さんはそれが悔しかったみたいで、私が通う学校の学園祭に出るのが夢だっていつも言ってた」

「瀬音……」

「だから、うらるショットガンに出演を依頼した。お母さんの夢を知ってる芸人だったから快諾してくれた。でも――」

瀬音は柔らかい笑みを浮かべ、吹き出すように言葉を続けた。

「結羅《ゆうら》先輩が、勝手にお母さんを継いじゃってたね」

「そうだな。結羅らしいよ」

台風の如《ごと》く人を巻き込み、いつしか中心に居座った結羅を想《おも》う。あいつと出会わなければ、俺も瀬音も救われなかった。出番の後に上別府《かみべっぷ》さんがぼやいていたのは、瀬音の笑顔を俺達が引き出したからではなく、自分達以上に今井《いまい》まいこの後を継ぐ人間が現れたからかもしれない。

俺が「凄《すご》いやつだよな」と呟《つぶや》くと、「そうだね」と涙声が返ってきた。

「……まさか、もう一度お母さんの光が見られるなんて、思ってもなかった」

秘め続けた感情が遅れを取り返したのか、瀬音の瞳から大量の涙が溢《あふ》れ出す。

「こうやって泣くのも久しぶり」

瀬音はぐしぐしと両目を擦ってから笑う。下がった目尻と白い歯。俺が見たかった表情なのに、恋い焦がれた笑顔なのに、なぜだか胸騒ぎが鳴り止《や》まない。

「私が期待した以上に最高の舞台だったよ。ありがとう、ごめんね。市井」

「……なんで謝るんだよ」

「だって、私は自分の都合で市井を利用したから」

「俺は利用されたなんて思ってない。むしろ、瀬音には感謝してるくらいだ」

「でも私は、現状を変えてほしくて市井を応援した。私は自分勝手に願うことしかできない、馬鹿な人間だよ」

幸せになる資格がない。

その言葉の輪郭が浮かび始める。母親に対する罪悪感から生じた思考だと捉えていたが、それだけではなかった。

瀬音は漫才を通して、俺にまで罪悪感を見出《みいだ》していたのだ。

「それに、市井はもう私を想ってないでしょ。きっと、恋愛以上に打ち込めるものを見つけたから」

「それは……」

瀬音の言うとおりだった。俺はもう、瀬音と接しても緊張感を抱かない。以前はあれだけ動揺していたのに、今は冷静に対応できてしまう。

いつしか俺の原動力は、恋心ではなくなっていたのだ。

「もし市井がまだ私のことを好いてくれてたら、彼女にしてくださいって言える未来があったのかも」

諦観したような表情で、瀬音は言葉を続ける。

「でも、神様はそんな身勝手を許してくれない」

「……自分を追い込みすぎだ」

「ううん。市井の恋心も利用したんだから当然の報い。それに市井は、私なんかじゃ手が届かない場所にいける人だよ」

瀬音がゆっくりと立ち上がる。表情こそ柔和だが、何かを決意したように唇が震えている。満天の星を背にする瀬音は、とても遠い場所に居るみたいで、手を伸ばしても届きそうにない。俺にはもう、受け入れることしかできなかった。

「市井、大好きだったよ」

それは、一番聞きたかった言葉のはずだった。

瀬音の足音が鳴り、残り香が風にさらわれる。肩に残る感覚が消える頃には、きっとも う瀬音は他人だ。けれど俺は立ち上がれず、掌《てのひら》からこぼれ落ちる砂を見て呆《ほう》けることしかできなかった。どう言えば正解なのか。そもそも声をかけるのが正解なのか。鈍くなった思考はうまく働かず、ただ時間だけが流れていく。

小さな足音が遠ざかり、星が落ちていく。

そして、やたらと大きな足音が近づいてくる。

「……は？」

俺は思わず足音の方向を見やる。

湿りきった空気など関係ないと言わんばかりの豪脚で、瀬音に飛びつく木。

もとい、木の着ぐるみを纏《まと》った結羅の姿を認めた。

「——瀬音ちゃんの馬鹿ッ！」

結羅は瀬音に覆いかぶさり、そのまま地に押し付ける。小さな瀬音に為《な》す術《すべ》などなく、二人して転がり合う。

「結羅先輩……？」

「瀬音ちゃんは馬鹿だよ、ウルトラお馬鹿だよ！　なんでそんなに、自分が傷つく選択ばっかりしちゃうの⁉」

「もしかして、聞いてたんですか」

「聞いてたよ。『ばぁ』からしっかり聞いてたもん！　何を話すのか気になって気になって！」

わざわざ変装までしゃがってとツッコみかけたが、俺も同じ手段を用いて商店街で盗み聞きしていたので口を噤《つぐ》む。とにかく、このまま放ってはおけない。俺はやや駆け足で二人に近づく。結羅はずびずびと洟をすすりながら、マウントポジションを取っていた。

「瀬音ちゃんだって、幸せになる権利はあるんだよ！」

「でも、私は……」

「うるさい馬鹿！　ハルくんとは終わりみたいな空気を出すな！」

「結羅先輩には関係ないです」

「あるの！　私は瀬音ちゃんと一緒に居たい！　でも相方は絶対に渡さん！　けどハルくんから離れるのも許さん！」

じゃあどうすればいいんだと問い詰めたくなるほどの暴論を浴びせながら、結羅は最後に「みんなでキングオブマンザイが観たいんだよぉ」と号泣した。あまりにも自由な振舞いに、俺は苦笑いを浮かべるしかできない。

「せっかく仲良くなれたし、瀬音《せおと》ちゃんも笑えるようになったんだから、もっと遊ぼうよぉ……」

「結羅先輩のそういうところ、やっぱり苦手です」

苦言を呈しながらも、瀬音の口元は緩んでいる。俺は瀬音に同情しつつ、素直な感情を伝えることにした。

「なあ瀬音。俺はたしかに、恋よりも大事なものを見つけた。でも、瀬音とはずっと仲良くしたい。これから先も笑顔が見たい。俺と結羅の成長を見守ってほしいんだ」

「市井……でも」

「大丈夫だって。それに、人間って少しくらい身勝手に振る舞ってもバチは当たらないんだよ。まあ、俺はそのせいで妹からよく怒られるけど」

少しは兄を見直してくれたであろう桜優《さゆ》の顔を思い浮かべ、俺はにっと微笑《ほほえ》んだ。

「大体、こいつを見ろ。空気なんて読まずに、馬鹿みたいな願望を武器にして、当事者より泣いてるんだぞ」

「だってえ、ハルくんもおこた囲んでキングオブマンザイ観たいでしょ？」

俺は「そうだな」と肯定して、仰向《あおむ》けの瀬音に視線を向ける。

「だから瀬音も、素直に生きていいんじゃないかな。幸せになる権利は皆にあるんだから」

「……本当にいいのかな。私も、皆と笑っていいのかな」

震えながら問いかける瀬音に、結羅が勢いよく頬ずりを浴びせた。

「いいに決まってるじゃん！　なんなら私が幸せにしたげるよー？」

「いま結構な不幸がきてるんですけど」

「またまた。嬉《うれ》しいくせにぃ」

「市井《いちい》、たすけて」

「ええやんか、ドスケベエデンに行こうやぁ……」

もはや恒例行事と化したやり取りに、俺は腹を抱えて笑ってしまう。

結羅に伝えたかった言葉も、湿っぽい空気も、全部全部、吹き飛ばされてしまった。俺達は結局、結羅の暴風域に巻き込まれてしまうのだ。

呆《あき》れながら見上げた星は、先程よりも強く煌めいている。

それはまるで、瀬音が歩む道を照らすように。

閉幕

西院祭《さいいんさい》から二ヶ月が経《た》ち、季節はすっかり冬めいた。

結羅《ゆうら》主催のもと、俺の部屋で開催された『鍋でもつつきながらキングオブマンザイの決勝を皆で観《み》ようよ会』には瀬音や綿貫《わたぬき》だけでなく、あろうことか志摩《しま》までも召集された。

綿貫が勝手に連れてきたのである。「親友として、瀬音さんと楽しいひと時を過ごさせてやりたいんだよ」と笑っていたが、十中八九、この状況を楽しんでいるだけだろう。

炬燵《こたつ》に乗せられた鍋が、ぐつぐつと煮えている。

その小気味の良い音を切り裂くように、結羅が不満そうな声を漏らした。

「ねえ、みんな。私が育てた牡蠣《かき》ばっかり狙ってない？　まだ食べてないんだけど」

「そんなことないですよ中屋敷《なかやしき》先輩。僕の陣地にたまたま流れてきただけですから」

綿貫の反論に、結羅は面白くなさそうに頬を膨らませる。だが、瀬音が言い放った「諸行無常」の一言で、結羅の闘争心に火が付いたようだ。

「ほうほう、いいんだね瀬音ちゃん。そんなことを言っちゃって」

結羅はそう前置きしてから、瀬音に飛びかかる。

「ちょ、結羅先輩。やめ……」

「うへへ、ええやんかあ。ここがええんやろお？」

いつものように、結羅のスキンシップが発動する。

俺はまたかと呆れつつ、助けるタイミングを見計らっていた。そのときだった。

「──ひゃうッ」

甲高《かんだか》く、艶《なま》めかしさを帯びた声。

それは、身をよじらせた瀬音から発せられたようだった。

どうやら結羅の右手が、瀬音の胸のあたりを掠《かす》めたらしい。

「ご、ごめん瀬音ちゃん……」

いつもと違う反応に、さすがの結羅もたじろぐ。俺達の視線が瀬音に集中する。俯《うつむ》いたままの瀬音はしばし無言を貫いてから、ふうと息を吐き、顔を上げた。

「い、市井の前ではやめてください」

すこし涙が滲《にじ》んだ瞳と、紅潮した頬。感情を取り戻しつつある瀬音が、新たに覗《のぞ》かせた一面。恋心は抱いていないと言ったものの、あまりの可愛《かわい》さに見惚《みと》れることしかできなかった。

「……おい市井、白菜が煮えたぞ」

「あっっっっつ！」

だが、その隙を狙った志摩が、俺の頬に白菜を押し当ててくる。

「──おい志摩、嫉妬してんじゃねえ！」

「うるせえ、してねえ。黙って野菜を食ってくたばれ」

高揚感はすでに霧散し、志摩に対する憎しみだけが募っていく。ほの暗い感情を原動力にして、持っていた箸で志摩の乳首を突いてやった。

「──ごふッ」

何かを感じたであろう志摩は、口に含んだ春雨《はるさめ》を勢いよく噴出する。

「てめえ、何しやがる！」

「寂しいお前に快楽を届けてやろうと思ってな」

俺と志摩は皿を置き、取っ組み合いを始める。この様子を綿貫が肴《さかな》にしていそうなのが腹立たしいが、これは尊厳を懸けた争い。退くわけにはいかなかった。しばらく互いの頬をつねりあっていると、綿貫が声をかけてきた。

「ハル、そろそろ雑炊が食べたいなぁ」

「……わかったよ、準備してくる」

俺はそう言い残し、部屋を後にする。綿貫はヒートアップしないギリギリを見極めて、止めてくれたのかもしれない。内心で感謝しながら階段を降り、キッチンに向かう。

すると、冷蔵庫の前に桜優がいた。ちょうどジュースを取り出すところだったらしい。

俺が「卵を三つ取ってほしい」とお願いすると、軽く頷《うなず》いてくれた。

「……みんなうるさすぎない？」

そして小言を一つ。俺は誤魔化すように笑いつつ、炊飯器から米を拝借する。

「今日はキングオブマンザイだから、勘弁してやってくれ」

「まあ、イヤホンつけて勉強してるし別にいいけど」

桜優は適当な器に卵を割り入れて、俺に手渡してくれた。

「……ねえ、お兄ちゃん」

「どうした？」

「次のライブって決まってるの？　息抜きにさ、友達と行きたいんだけど」

「二月に河原町《かわらまち》でやるから取り置きしておくぞ」

「じゃあ二枚お願い」

「わかった。次はコントをやるから楽しみにしててくれ」

俺が宣言すると、桜優は「ん」と頷いてからリビングへと去っていく。お互いに多くは語らないが、兄妹《きょうだい》の仲直りなんてこれでいい。胸の底にマッチを灯《とも》すような温かさを感じつつ、俺は戦場へと引き返した。

「——瀬音ちゃん、わ、私の胸も触っていいよ」

だが、扉を開けた瞬間、急展開に巻き込まれる。結羅はこちらに背を向けており、なにやら瀬音と向かい合っている様子だった。男子共は目を点にしながら、事の成り行きを見守っている。

「いやほら、ヘンなとこ触っちゃったから、瀬音ちゃんが触ればおあいこだよ。うんうん！」

「……別に、結羅先輩の胸に興味ないです」

「わ、私けっこう柔らかいよ？　人に触られたことなんてないから、結構恥ずかしいけど……あ、綿貫クンと志摩クンは目を瞑《つぶ》っててね。キミ達にはまだ早いから！」

どうやら結羅は、瀬音に対する罪悪感で謎の等価交換を持ち掛けているらしい。表情こそ見えないが、どうせ目をぐるぐる回しているのだろう。

そう呆れていると、結羅越しに瀬音と目が合ってしまう。瀬音は少し考える素振りを見せてから、素早く立ち上がった。

口元には少しだけ、悪戯《いたずら》めいた笑み。

そして、結羅の胸を鷲摑《わしづか》みにする。

「――んっ」

「ちょ、瀬音《せおと》ちゃん……その触り方は……」

結羅が自分の身体《からだ》を抱くようにして、その場で回転する。

すると、必然的に俺と目が合ってしまう。

「は、は、ハルくん？　一体いつから……」

結羅が小刻みに震えだす。どう答えるべきか悩んだが、嘘《うそ》をついてもバレてしまう気がした。仕方なく、最初から見ていたと打ち明ける。

「――おいハルくん、記憶を消せ！　今すぐ消せ！　十分間の記憶を消せよう！」

赤面した結羅が、俺の首を狙ってくる。力いっぱい本気で絞めてくるので、俺の意識は一気に遠のいてしまう。綿貫は笑い、志摩は呆れ、瀬音は謎の微笑を浮かべている。

つけっぱなしたテレビの中では、厳しい予選を勝ち上がった面々が控室で待機している。その中でも一際《ひときわ》目立つ長髪の女性と、ふわふわした雰囲気を纏《まと》う女性は、早くも勝利を確信したように笑っていた。

ああ。俺もあの舞台に、結羅と立ちたい。

他の誰でもない、結羅と、たくさんの笑顔が見たい。

此岸《しがん》と彼岸の狭間《はざま》で夢が輝きを増す。だが、その光はすぐに消え去って、見慣れた蛍光灯に変化する。どうやら、首を絞められたまま結羅に押し倒されたらしい。

「わ、私はえっちなことを考えて、瀬音ちゃんに頼んだわけじゃないからね！　ねえ、黙ってないでなんとか言えよハルくん！」

じゃあ手を離してくれよと呆《あき》れつつ、現状の馬鹿らしさに笑みがこぼれる。

間近に迫る柑橘《かんきつ》系の香りが、初めて会ったときよりも鮮烈に届いた気がした。

あとがき

様々な書籍が販売される時代に『君と笑顔が見たいだけ』を手に取っていただき、誠にありがとうございました。

ｗｅｂ投稿時代から応援してくださった方々にも感謝を申し上げます。皆様がいなければ、きっとこの物語は未完のままパソコンの中で眠っていたでしょう。

それから、新田《にった》の原稿を見つけてくださった編集部のＯ氏。大喜利の回答や漫才のネタをチェックしていただいたり、夢に出るくらいタイトル候補を捻《ひね》り出してくださったり、本作と真正面から向き合っていただきありがとうございました。

ファンタジア大賞の選考委員の方々にも感謝の念が尽きません。文章媒体でお笑いの世界を書くという大博打《ばくち》の原稿が、金賞をいただけるとは思ってもいませんでした。最高のスタート地点を設けていただいた御恩は、決して忘れません。

また、この物語にイラストで命を吹き込んでくださったフライ様にも感謝しております。表紙で柔らかく微笑《ほほえ》む結羅《ゆうら》は、多くの読者の心を撃ち抜いたに違いありません。登場人物の青春を素敵に彩《いろど》ってくださり、誠にありがとうございます。

そして『君と笑顔が見たいだけ』の出版にあたり力を尽くしてくださった方々や、様々な施策に携わっていただいた皆様にも厚く御礼《おんれい》を申し上げます。

さて、本作についてですが、内容には言及致しません。

ここから読む方もいらっしゃるでしょうし、作者の手を離れた物語は読者のものだと思っているからです。あなたが抱いた感想は、きっと間違っておりません。

とはいえ、こんな締め方をすると「そういう作風でもないのに気取ってんじゃねえ」とお叱りの声が飛んできそうなので、ここからは好き勝手に書かせていただきます。

なんと、作家という生き物は「面白かった」の五文字で寿命が延びるそうです。もし、この物語に魅力を感じた方がいらっしゃれば、ＳＮＳやお手紙を駆使して新田をバケモンみたいなド長寿作家にしてやってください。

最後になりますが、章タイトルと各種法人様の購入特典ＳＳタイトルは新田が好きだった芸人と関連しております。元ネタがわかった方は、こっそりとお伝えください。報酬などはありませんが、画面の向こうで新田が微笑むこと請け合いです。

それでは、また皆様の笑顔が見られるのを心より願っております。

新田　漣《れん》

お便りはこちらまで

〒一〇二-八一七七
ファンタジア文庫編集部気付
新田漣《れん》（様）宛
フライ（様）宛

富士見ファンタジア文庫

君《きみ》と笑顔《えがお》が見《み》たいだけ

令和6年3月20日　初版発行

著者——新田《にった》　漣《れん》

発行者——山下直久

発　行——株式会社KADOKAWA
〒102-8177
東京都千代田区富士見2-13-3
0570-002-301（ナビダイヤル）

印刷所——株式会社暁印刷

製本所——本間製本株式会社

※定価はカバーに表示してあります。
●お問い合わせ
https://www.kadokawa.co.jp/（「お問い合わせ」へお進みください）
※内容によっては、お答えできない場合があります。
※サポートは日本国内のみとさせていただきます。
※Japanese text only

ISBN978-4-04-075310-2 C0193

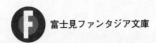

世界最強の
“不可能任務”に挑む少女たちの
痛快スパイファンタジー！
スパイ教室
竹町
illustration
トマリ